巴赫传

[日] 日野圆 著 林依莉 译

广东人民出版社
·广州·

图书在版编目（CIP）数据

巴赫传 /（日）日野圆著；林依莉译. -- 广州：广东人民出版社，2025. 7. --（伟大的音乐家）.
ISBN 978-7-218-18471-5

Ⅰ．I313.45

中国国家版本馆CIP数据核字第20251YL578号

著作权合同登记号　图字：19-2024-255号

音楽家の伝記 はじめに読む1冊 バッハ, Originally published in Japan in 2019 by Yamaha Music Entertainment Holdings, Inc. and authorized to translate to Chinese language through Copyright Agency of China Ltd., Beijing.
Copyright© by Yamaha Music Entertainment Holdings, Inc.

本书中文简体版专有版权经由中华版权服务有限公司授予北京创美时代国际文化传播有限公司。

BAHE ZHUAN
巴赫传

［日］日野圆　著　林依莉　译　　　　　版权所有　翻印必究

出 版 人：肖风华

责任编辑：吴福顺
责任技编：吴彦斌　赖远军

出版发行：广东人民出版社
地　　址：广州市越秀区大沙头四马路10号（邮政编码：510199）
电　　话：（020）85716809（总编室）
传　　真：（020）83289585
网　　址：https://www.gdpph.com
印　　刷：三河市龙大印装有限公司
开　　本：880毫米 × 1230毫米　1/32
印　　张：8.25　字　数：140千
版　　次：2025年7月第1版
印　　次：2025年7月第1次印刷
定　　价：45.00元

如发现印装质量问题，影响阅读，请与出版社（020-87712513）联系调换。
售书热线：（020）87717307

尽管人们发自内心地赞叹巴赫手足并用的演奏技术，但并不能理解他的音乐出自何等伟大的天分，也没有注意到他的音乐具有的不朽生命力。

如果人们理解了这些事情，就会发现巴赫谱写的所有音乐，都是对全人类乃至神明的伟大"奉献"……

目 录

001 序章

015 第一章 巴赫前往莱比锡

033 第二章 托马斯教堂乐长

055 第三章 里面是太阳,外面是暴风雨

079 第四章 与利奥波德亲王的友情

105 第五章 《马太受难曲》

129 第六章 致埃尔德曼的信

147 第七章 盖斯纳到来

169 第八章 最后的战斗

191 第九章 音乐的奉献

213 第十章 巨木倾倒之时

237 参考文献

239 后　记

247 巴赫的人生轨迹与历史事件

253 入门曲目推荐

序　章

首先登场的是门德尔松。

啊？这明明是巴赫的传记，为什么提门德尔松？他和巴赫是什么关系？

您好像有点不耐烦。

本篇序章将一口气为您解答这个疑惑。

故事得从两位大作曲家之间的感人故事开始说起。

1835年夏末的某个下午，深绿色树木在莱比锡的大学路上投下一片浓荫，一辆豪华的四马拉车匆匆驶过。路过的行人纷纷注视着这辆少见的漂亮马车，互相打听道："是哪位贵人坐在里面呀？"

很快，马车稳稳停在了大学路16号布商大厦正门口。与此同时，马车门被用力推开，一位贵公子般英俊潇洒的青年

当时布商大厦的演奏会场景

翩然下了车。

"哎呀哎呀，门德尔松[1]先生，欢迎您大驾光临。我们大家可是对您翘首以盼啊！"

"旅途顺利吗？您累不累？"

"典礼开始之前，您需要稍微休息一下吗？"

见马车停了下来，从布商大厦里冲出来的几位男士一下子就把青年团团围住，七嘴八舌地向他招呼，提问。

"不，已经比约定的时间晚很多了，我们马上就进演奏厅吧。不能让这么多人等着我。"

面对这些对自己毕恭毕敬的莱比锡市官员和管弦乐团代表，门德尔松只是简单回应了几句，就率先走进了举行典礼的大厅里的演奏厅。

门德尔松刚踏进演奏厅，舞台上等候已久的布商大厦管弦乐团[2]马上就演奏起了他创作的第四交响曲《意大利交响曲》

---

1 门德尔松（Felix Mendelssohn，1809—1847），19世纪欧洲音乐界最受欢迎、声望最高的作曲家之一。作为与莫扎特齐名的神童，他很早就为人们所熟知，17岁时创作了著名的序曲《仲夏夜之梦》，同时作为钢琴家和管风琴演奏家活跃在舞台上。他也被誉为"第一位专业指挥家"。著名作品有第三交响曲《苏格兰交响曲》、第四交响曲《意大利交响曲》等。

2 布商大厦管弦乐团，德国引以为傲的世界最古老的管弦乐团，创立于1743年，常年以布商大厦为演出场所，因此得名。门德尔松、尼基什、富特文格勒等大指挥家都曾担任过该乐团的指挥。

的第一乐章。那明亮轻快的音乐，用来欢迎贵公子门德尔松登场真是再合适不过了。

"哎呀，好英俊的先生！"
"快看，多么有气质的脸庞！"
"他肯定是整个欧洲社交界的宠儿吧！"

演奏厅里挤满了莱比锡市的市民，他们交头接耳，全都站了起来，想一睹本市首位国际名流的风采。看台上的人们纷纷探出身子，用望远镜追逐着门德尔松的身影，几乎要从楼上摔下来。

门德尔松淡然微笑着走过人群，在观众席第一排专门为他准备的主宾席坐了下来。这样的欢迎仪式对他来说早已是家常便饭。虽然门德尔松才26岁，还年纪轻轻，但他的天分和名声在德国自不必说，甚至传扬到了整个欧洲。他每到一处，无不受到王侯将相般的狂热欢迎。

"全场的莱比锡市民，先生们，女士们！"

乐团演奏结束后，莱比锡市长站上舞台，志得意满地开始了他的致辞。

"我们的城市、我们的乐团迎来了如此大名鼎鼎的音乐家，这在本市的历史上还是头一遭。对于这样的奇迹，我们感谢名声在外、心地善良的萨克森国王亲自牵线，同时也必须衷心感谢欣然接受国王邀请,担任我们布商大厦管弦乐团指挥一职的门德尔松先生。虽说我们乐团拥有全世界最古老的传统,然而门德尔松先生在英国、意大利都已收获了巨大成功,能得到他的指导,我们仍是不胜惶恐。不过,既然门德尔松先生已经屈尊前来赴任,那么不仅是乐团,我们全体市民都应该团结起来,一口气将乐团培育成全世界一流的团体……"

——什么时候能结束呢?什么时候才能离开这个地方呢?

听着市长没有尽头的欢迎词,门德尔松心里想的完全是别的事情。他的心思既不在这豪华的演奏厅里,也不在台上四十多名乐团成员身上。对于今后数年都要托付给自己的这个(布商大厦)管弦乐团,采用什么方法训练,哪个部分要增加乐手,他早在去年年底签下合同之日起,就已经制定了详细周全的计划。只要按计划推进下去,乐团的水平应该就能大幅提高。实际上,两个月之后,在门德尔松上任后的首场公开演奏会上,莱比锡市民们也确实是第一次聆听到了乐团改头换面后贡献的一场专业级别的演出。比起这种计划之中的事,现在占据门德尔松心神的是某个人。那个人的作品如今藏于何处?那个人的子孙如今又住在何地、何以为生?……他心里全然只有这些。

——什么时候能结束呢?什么时候才能离开这个地方呢?

只待典礼结束,门德尔松就要马上去搜集那个人的信息。

对他而言，这场典礼无非是桩麻烦事。不过作为天生的社交达人，门德尔松没有显露出半分失礼的态度。对于向自己投来热烈目光的女士们、送来亲切笑容的先生们，他都一一回以注目礼，在旁人看来他完全就是全场的主角。

在市长的欢迎词结束之后，又有几位市里的大人物上台发表了准备好的致辞。在耐心听完所有致辞之后，门德尔松站上舞台，简单明了地说完感谢的话语，便匆匆逃离了典礼大厅。

"所以呢？所以呢？我在信里问到的事到底怎么样了？我拜托过您一定要调查清楚的吧？"

门德尔松回到主宾休息室，抓住随后赶来的乐团事务局局长就是一通追问。

"哎……您询问的事，我们也用尽一切手段调查了，但是……"

事务局局长一脸为难，回答得不太有底气。

"那个……关于您询问的这位叫巴赫的人士，本市的记事簿上也记载了他是几代前的托马斯教堂乐长。但是，那个，要说这位巴赫谱写的乐谱现在所在何处，他的子孙现在住在哪里，就查不出来了。毕竟他已经是很久以前的人了，而且好像也不是什么了不得的音乐家……"

"你说什么?！"

原本迫不及待地听着事务局局长说话的门德尔松不自觉

地厉声说道。这对于向来以冷静温和示人的他来说，完全是史无前例。

"好一个'不是什么了不得的音乐家'，你是在说巴赫吗？！是说约翰·塞巴斯蒂安·巴赫吗？！这是多么无知的话，多么无法让人原谅的话啊！不，这可以说是你们所有人的耻辱。行了。关于巴赫的事情，我要亲自去调查。我会找出他的作品，也会拜访他的子孙。让各位白忙活一场了。那么，告辞！"

"啊，门德尔松先生，门德尔松先生，请等一等。这会儿正要带您去我们为您准备好的住处呢。门德尔松先生……"

事务局局长被门德尔松的怒气惊呆了，赶忙挽留他。

一转眼，门德尔松已经跑出了布商大厦，坐上在外等待着他的自家马车，大声吩咐车夫：

"去圣托马斯教堂。快！"

门德尔松气得急火攻心。他自懂事起就将约翰·塞巴斯蒂安·巴赫奉为神祇，可在这莱比锡，偏偏还是在这可以称为巴赫的大本营的莱比锡，人们却对巴赫漠不关心。如此伟大的人物谱写的作品如同纸屑般被置之不顾，他的子孙也仿佛什么来历不明的人一样流落在外。不可原谅，不可原谅。这些人的无知绝对不可原谅。

门德尔松在马车里低语。他之所以来到莱比锡，出任布商大厦管弦乐团指挥只是原因之一，此外，还有一个更加强烈、更加炽热的愿望，那就是去到他尊敬的巴赫的城市，找到巴赫的作品，进行一番透彻的研究。

门德尔松对巴赫的音乐已经理解到了十二分的程度。本来，他从4岁起就师从一位叫策尔特（Carl Friedrich Zelter）的人学习作曲，而这个人恰恰是巴赫的徒孙。策尔特正是从他的老师，也就是巴赫的亲徒弟基恩贝格尔（Johann Kirnberger）那里承袭了音乐正统。

"巴赫的音乐拥有永恒的生命力。在不久的将来，人类就会感谢巴赫的功绩的吧！"

策尔特将自己保存的所有巴赫作品都分享给了门德尔松，让他演奏，并且饱含热情地向他讲解。门德尔松4岁时就被断定是"莫扎特[1]级别的天才"，他如饥似渴地学习巴赫的音乐，准确地理解了其伟大之处。从那时起，所有与巴赫有关的事情，对门德尔松都有着极大的吸引力。12岁时，当少年门德尔松

---

[1] 莫扎特（Wolfgang Amadeus Mozart，1756—1791），出生于萨尔茨堡（现属奥地利）的天才作曲家。他被誉为神童，在欧洲各地的城市和宫廷中备受推崇，25岁离家前往维也纳谋生，但始终穷困潦倒，35岁就在贫困中离世。其作品超过600首，涉及各个领域，其中以歌剧《费加罗的婚礼》《唐·乔万尼》《魔笛》等最为著名。

费利克斯·门德尔松

在歌德面前演奏的门德尔松

从策尔特的朋友、大文豪歌德[1]那里收到了巴赫乐谱的抄本时，他是多么的感激涕零啊！14岁时，当他得到了巴赫被称作"梦幻般的名曲"的《马太受难曲》的手谱[2]时，其伟大之处是多么让他瞠目结舌啊！

"当时计划复排那首《马太受难曲》，是我鲁莽了。越是钻研那首伟大的乐曲，就越是深感自己的无知与无力。尽管如此，我也没有放弃——因为我被一种使命感驱赶着，如果我现在不让那首名曲重见天日，那么今后好几百年间它依然会无人知晓。还好，我成功复排了《马太受难曲》。能成功复排真是太好了。以那次演出为契机，《马太受难曲》也完美复活了。"

门德尔松坐在摇晃的马车里，回想起6年前，也就是20岁的他指挥首演《马太受难曲》时的感动。如奇迹一般，那天距离巴赫第一次演出这首伟大乐曲正好过去了100年。

演出在柏林举办。柏林是德国最大的城市，在这个聚集着有识之士和文人墨客的地方，《马太受难曲》受到了异常

---

1 歌德（1749—1832），德国著名诗人、思想家、剧作家，同时也是当时活跃的政治家。他的诗成为历代大作曲家如贝多芬、舒伯特、古诺、柏辽兹等人的音乐题材。他的代表作为《浮士德》。

2 手谱，手抄乐谱，更专业地说，是从管弦乐和合唱曲的总谱中抄出各声部、各乐器的乐谱。

狂热的欢迎，由此，柏林的人们第一次知晓了巴赫其名，知道了其音乐的伟大。之后，各界都掀起了巴赫复兴的浪潮，许多音乐家和学者开始寻找和研究巴赫的作品。

作为点燃这一切的导火索，门德尔松现在来到了巴赫曾连续27年在此作曲的莱比锡赴任，虽说事出偶然，但也可以想象他的感动与期待之情。然而，在莱比锡当地，巴赫其名、其作品，却都已被当作过去的事物尽数抹去。巴赫死后才过了仅仅85年的时间。

——不可原谅，不可原谅……

门德尔松低语着，将心中唯一的期待放在了接下来要拜访的圣托马斯教堂的乐长身上。

然而对谈的结果令人大失所望。

"巴赫确实在这个教堂里担任了多年的乐长，但他是怎样一位音乐家，这就不知道了呀！巴赫创作的音乐，我们偶尔也会在做礼拜的时候演奏，但是其他作品在哪里、数量有多少，哎呀，完全不知道。巴赫的子孙？还有这样一些人吗？啊？您是问他们在不在这莱比锡？哎呀，不知道。不明白。听都没听过。"

——不知道。不明白。听都没听过。为什么莱比锡的人们对巴赫这么冷淡呢？策尔特老师曾说，巴赫在这个城市生活的27年里，几乎每天都在创作，进行演奏，那些乐谱究竟去哪里了呢？该不会是被扔了或烧了吧？如果真是如此，那这个城市的人真是罪不可赦。不过话说回来，为什么这个城市就没有人诉说巴赫的伟大呢？哪怕有一个人也好……

走出圣托马斯教堂的门德尔松想了又想，一边发自内心地为巴赫感到难过，一边回到了他在莱比锡的新居。但是，他并没有沉湎于悲伤。他在心里坚定了一个巨大的决心。

——拯救巴赫吧！让巴赫再次在这座城市复活吧！让巴赫的才华、巴赫音乐的伟大在这莱比锡的人们面前重现吧！

从这一天起，莱比锡市的巴赫复兴运动开始了。

眼见他这样的大音乐家都如此入迷，人们也对挖掘巴赫这位人物有了极大的兴趣，一找到新的资料就纷纷交给门德尔松。

在圣托马斯教堂的仓库和莱比锡市内的其他四个教堂，都发现了数量多得惊人的巴赫作品。市里的图书馆找到了好几百本出自巴赫之手的乐谱，发现的时候都布满了灰尘。许多市民送来了巴赫亲笔谱写的乐谱，说是从自己祖父或祖母的物品中找到的。

接着有一天，门德尔松与妻子出门买东西时，在肉铺里发现了被用作包装纸的《马太受难曲》手稿，至此，沉睡已久的巴赫那伟岸的模样终于出现在了莱比锡人的面前。那画面就仿佛是一棵名叫巴赫的巨木从地下破土而出,笼罩了整座城市一般,又像是莱比锡全市的每一块石板都在"巴赫""巴赫"地呢喃着。

门德尔松只要一有机会,就会一首一首地指挥这些乐曲的演出。《马太受难曲》复活演出掀起的轰动不输之前在柏林演出时。经过门德尔松的努力,莱比锡的人们明白了自己的城市曾经拥有过多么有天才的人物,也明白了自己的祖辈对待这位人物是多么的轻慢。

与此同时,从柏林开始掀起的巴赫复兴浪潮席卷了整个德国,不到十年,与巴赫有关的地区和教堂便接二连三地铸起了巴赫的铜像,人们成立了研究巴赫的巴赫协会,研究其数量庞大的作品,许多学者、音乐家踏上了探究巴赫的旅程。后来,当38岁的门德尔松在1847年英年早逝时,巴赫的音乐早已不用借他之力,便能备受所有国家的所有音乐家喜爱和聆听了。

那么,约翰·塞巴斯蒂安·巴赫是什么时候、为了什么目的来到莱比锡,在莱比锡开始了怎样的生活,受到了人们怎样的对待?关于巴赫的故事,就从这里开始讲起吧。

CHAPTER 1 第一章

巴赫前往莱比锡

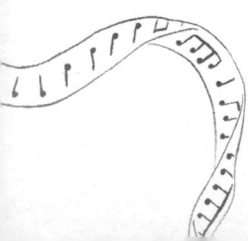

巴赫年轻的时候,曾经走了整整10天,去听一个有名的管风琴家演奏。

"走了10天!腿不疼吗,爸爸?"

面对惊讶的儿子们,巴赫说道:"巴赫家的人,耳朵都很灵敏,腿脚也很灵便。你们也一样哦,小不点们。"

"好啦,孩子们,赶紧上马车!再拖拖拉拉的,被落下了,爸爸可不管啊!都坐上了没有,人到齐了吗?一个,两个,三个,四个。还有小苏菲。好,都到齐了。那么,孩子他妈,可以出发了吧?车夫先生,启程吧!"

确认全家人都已到齐后,巴赫就下令让车夫出发。他终于喘了口气,调整姿势在马车座椅上坐稳了。在他两侧和跟前整齐就坐的家人们,每一个人都用些许不安的眼神看着他。

——真可怜,大家都不想离开这里啊……

一想到大家的心情,巴赫就很心疼,可话虽如此,搬家的事已是不容取消。因为现在他已经向科腾宫廷提交了辞职信,而且也已经确定要到莱比锡的圣托马斯教堂就职。

"好啦,向着未来出发!向着新家出发!"

为了给大家打气,也为了斩断自己的不舍之情,巴赫用爽朗的语气对大家说道。然而因为他这句话而欢呼雀跃的只有小宝宝苏菲。

载着巴赫一家及其家当的两辆马车静静地驶出了利奥波德亲王宫殿的大门,离开了他们一家居住了5年的地方。在晨雾中静静伫立的小小宫殿和围绕宫殿的美丽四方形庭园渐渐被抛在身后。马车上的人眼神还被宫殿左栋吸引着,那里直到昨天都还是他们的家。

"孩子他妈,别再一直回头往身后看了。此刻要去的地方才是我们以后要生活的地方。"

巴赫把手轻轻放在妻子玛格达莱娜(Magdalena)膝上,她正抱着小宝宝苏菲,向城堡无声道别。

"是啊,亲爱的。这我明白,但是……"

玛格达莱娜叹着气把头转了回来,面带遗憾地对丈夫说道。

"这座宫廷实在有太多回忆了。从少女时代起我就经常来唱歌,认识了做宫廷乐长的你,结了婚,自己也成为宫廷歌手,和你一起在这里快乐地工作,生了小苏菲,甚至还让宫廷里的大人物们为她取了名字……我所有快乐的回忆都在这科腾宫廷里呀。唉,要是利奥波德亲王没有结婚就好了。他结婚之后,一切都变了。"

"别说了,玛格达莱娜。我不是说过了吗,不许说那种话。亲王自己的事情,由他自己决定。被他雇佣的我们没有资格说这些。"

"可是,亲爱的……"

玛格达莱娜平时一向顺从丈夫,这次却罕见地反驳了他。

"那么热爱音乐的亲王,偏偏娶了一位讨厌音乐的王妃!

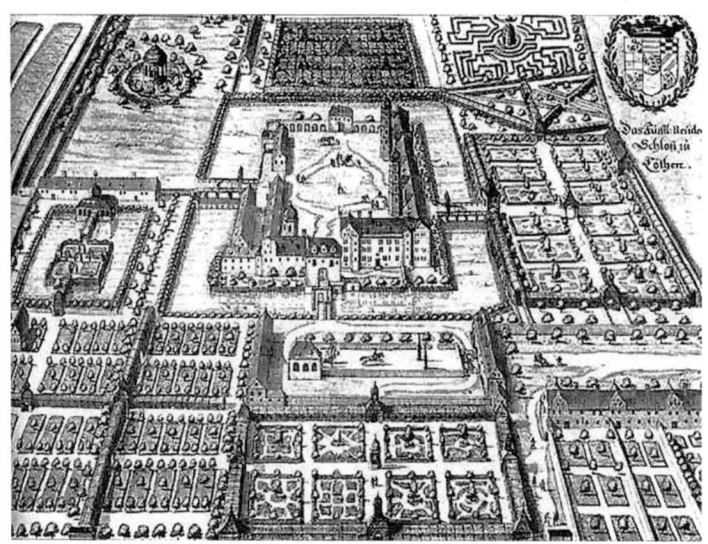

科腾的宫殿和庭园

莱比锡时代初期的巴赫

而且他居然还对那位王妃言听计从，对待你像闲杂人等似的！然而，你的新工作刚定下来，那位王妃就去世了。唉，我们多倒霉啊！"

"别说了！玛格达莱娜。我可不喜欢没完没了地怨天尤人。比起那样抱怨，我们更应该感谢亲王一直以来给予我们的无上重视，不是吗？其实你心里也很明白。在别的宫廷，哪有人能被这样重视呢？又是能住到宫殿里，又是被当作朋友相待，要出发到别的工作岗位任职时，还有马车送行。你好好想想其他宫廷的音乐家是什么待遇，那样你就不会抱怨了。现在这样一点都不像你。你不像那种会说这些话的人。"

巴赫虽然极力劝解着始终心有不满的妻子，可内心却也不由得对亲王的变心感到遗憾。

明明亲王以前对我颇为重视，一天到晚都"巴赫、巴赫"的，片刻也离不开，对待年长9岁的我如同对待师长一样敬重，可就因为他的夫人对音乐不感兴趣，他自己对音乐的热情也冷却了下来。不，也许并没有冷却，只是他嫉妒心作祟的夫人给他吹了枕边风，让他疏远了我。证据就是，他的夫人刚刚去世，他就试图挽留我了。虽然这么说不太好，但是他的夫人去世之后，他肯定是反倒松了口气的。这也自然，对于那么热爱音乐、那么擅长作曲和演奏的亲王来说，不喜欢音乐的王妃不在了也好。但是如今为时已晚。我已经决定要去莱比锡，也已经在合同上签了字。而且，就算我留在这里，万一亲王再婚的对象又是个讨厌音乐的人，没准我又要被当成累赘。不管他现在如何挽留，我也还是离开科腾比较好。虽然亲王视我为朋友、老师，可是他和我终究还是主仆关系。我不能得意忘形、恃宠而骄，要有自知之明。况且，考虑到这些孩子的将来，我也不能一直待在科腾。

巴赫的目光不自觉地落到了眼前的儿子们身上。

没错，巴赫放弃科腾也是为了这些孩子。如果一直待在利奥波德亲王的小宫殿里，儿子们就不能接受大学教育。总有一天他要搬到有大学的大城市里，让孩子们接受完整的教育才行。出于这个考虑，巴赫看上了莱比锡的圣托马斯教堂乐长一职，历尽艰辛通过了严苛的就职考试，终于成功走到了这一步：搬到莱比锡。

另外还有一个让巴赫下定决心去莱比锡的原因，那就是他心里的信仰。

——我要再次回到教堂，尽我所能地侍奉神明。我要用音乐引导众人的心，让大家敬爱基督。这样的工作，才是我生来被赋予的使命，也是最让我满意的工作。

巴赫家从父母那一代起就是虔诚的路德派（基督教的一个新教派）信徒，对他来说，回到教堂，就是如同回家一样自然而然的事情。

巴赫在科腾宫廷待了5年之久，按照亲王的要求不断创作、演奏欢乐的宫廷音乐，但是在他的心底里，十字架上的基督一直牢牢地牵动着他的心往教堂而去。

巴赫带着一家人离开科腾搬到莱比锡的时候，全家一共有七口人。妻子玛格达莱娜22岁，她生的小宝宝苏菲只有1岁。还有巴赫与前妻生的四个孩子，大女儿凯瑟琳娜（Catharina）、大儿子弗里德曼（Friedemann）、二儿子埃马努埃尔（Emanuel）、三儿子伯恩哈德（Bernhard），从大到小分别是15岁、12岁、9岁、8岁，而一家之主巴赫现在38岁，正值壮年，尽管对科腾宫廷还有些微留恋，但是对于这份今后将长驻莱比锡的职业，他燃起了满腔斗志。

这一天是1723年5月22日。

在一望无际的黑麦田里，马车扬尘奔驰。

远处，教堂的高塔时隐时现，那里必定会有村庄城镇，村庄城镇的中心则是教堂，广场围绕在它周围。穿过广场，走出城郊，路面从石板变成松软的土地，眼前是绵延不绝的山丘、平原，再大约走一个小时，就又看见了时隐时现的教堂高塔。从科腾到莱比锡有50公里，其中一半的路途都是这样闲适的田园风景。

"好啦，把这孩子交给我吧。我来哄她睡觉。"

巴赫对妻子说。自从刚才他斥责了她后，她就难过地闭上了眼睛，小声哼唱着摇篮曲哄小宝宝。那首摇篮曲是巴赫最近才为苏菲创作的，与玛格达莱娜清澈动人的歌声十分合衬。

"孩子他妈，我很理解你舍不得的心情。去了莱比锡后，你多年的歌唱经验也没了用武之地。对此你有不满是很正常的。"

苏菲被紧紧抱在巴赫大大的臂弯里，很快就安心地睡着了，传出均匀的鼻息声。

"但是，再稍微忍耐一下吧。等到在莱比锡安顿下来了，我一定会创造机会让你重新在科腾宫廷里发挥特长的。偶尔再回到老东家唱唱歌，怎么样？我和亲王说好了，我也想尽量让亲王高兴。虽然离开了科腾，但我和亲王的情谊一点也不会改变的。"

看到妻子的表情变得开朗起来，巴赫松了口气。接着，他又和开始感到无趣的儿子们聊天了。

"爸爸我啊，年轻的时候经常到这样的地方徒步旅行哦。那比坐马车可要有趣多啦！到了晚上，黄鼠狼、狐狸、小鹿会出来散步，睁着发光的眼睛看着爸爸呢。"

"哇，真可爱！现在也能看到吗？"

8岁、9岁的儿子兴奋得将身子探出窗外，12岁的大儿子弗里德曼则稳重地发问。

"徒步……是走多长距离呢？"

"这个嘛，爸爸旅行了好几次呢。15岁的时候和朋友一起走了300公里路，多的时候还有370公里。那时爸爸正好20岁。从南边一个离这里很远的城市阿恩施塔特，一直徒步旅行到了德国最北边的吕贝克。在吕贝克，有一位了不起的管风琴师布克斯特胡德[1]先生，爸爸去听他的晚间音乐会。走啊走，去程和回程都花了足足10天呢。"

"走了10天！腿不疼吗，爸爸？"

三儿子伯恩哈德吃惊地看着父亲的大脚。

"怎么会疼呢？爸爸的腿脚可结实了，而且，巴赫家的人，耳朵都很灵敏，腿脚也很灵便。你们也一样哦，小不点们。怎么样，要不要试着从这里走到莱比锡？要走的话我马上就让马车停下。"

"才不要呢。"

"腿会疼的。"

"那样会迷路的。"

---

[1] 布克斯特胡德（Dieterich Buxtehude，1637—1707），比巴赫更早活跃于德国北部的出色的管风琴演奏家。常年担任吕贝克市圣玛利亚教堂的管风琴手，因举办"晚间音乐会"而闻名德国。

中午,马车走到了一个叫哈勒的大城市。对孩子们而言,这还是他们第一次到大城市。

"亨德尔[1]先生就是在这里出生的哦。而且他和爸爸是同一年出生的,1685年。所以爸爸觉得他很亲切。爸爸心想一定要和他见一面,大约4年前,听说他回来了,我就赶来了这里,结果晚了一步,他已经去了英国。那位先生和爸爸不一样,已经功成名就,平日非常忙碌。"

巴赫满怀崇敬地向孩子们讲述与自己同龄的作曲家亨德尔的故事。

诚如巴赫所说,亨德尔在意大利、英国等地都大获成功,如今已经收获了令巴赫难以企及的财富和名声。

"但是街头巷尾都说,比起做音乐,那位先生更擅长赚钱呢。"玛格达莱娜偷笑着说,"大家都说他去了英国后,很精明地选择从国王等人身上捞钱。"

"人言可畏啊。确实,亨德尔先生成了大富翁,但那是因为他的才华超乎常人。亨德尔先生的创作,不管是歌剧[2],

---

1 亨德尔(George Friedrich Handel,1685—1759),与巴赫同年出生且同是出生于德国中部小城镇的大作曲家。他后来移居伦敦,成为乔治一世喜爱的作曲家,大获成功。除了泛舟泰晤士河时创作的《水上音乐》、清唱剧《弥赛亚》等,他还创作了36部歌剧。

2 歌剧,由独唱、合唱、管弦乐团表演等构成的音乐戏剧作品。它是含有戏剧、舞蹈、美术要素的综合性艺术。

乔治·弗里德里希·亨德尔

还是教堂音乐，都美妙得无可指摘。每当我研究那位先生的歌曲时，总是甘拜下风。世间的人们多半出于嫉妒说三道四，那种话不必当真。"

巴赫以音乐作为评判标准，对着全家人为亨德尔进行了一番坚决的辩护。

全家人在哈勒的旅馆吃了一顿简单的午饭后，马上就又坐上马车前往莱比锡了。

这会儿，街道赫然变得宽敞起来，来来往往的马车和行人也多了起来。除了巴赫，全家人都非常兴奋，一起畅想起了即将到达的莱比锡的样子。

傍晚，按照巴赫的指示，马车在一条能远远看见巨大城市轮廓的街道上嘎吱一声停了下来。

"好啦，看看那里。能读懂上面写了什么吧？"

"能呀！上面写着'从这里开始是莱比锡市'！"

孩子们欢呼雀跃。马车终于驶进了莱比锡。

大家都把头探出马车的窗外，眺望着前行的方向。那里有绵延的街景，再往上还能看见好几座耸立的高塔。光是看这些高塔的数目，大家就明白了莱比锡是他们今早离开的科腾所无法比拟的大城市。

"爸爸，好厉害呀，莱比锡这座城市！"

二儿子埃马努埃尔看着渐渐靠近的街景，用受到震撼的语气小声说道。

"是呀，埃马努埃尔。这里可是有五座大教堂呢，而且还有著名的莱比锡大学。你们总有一天会进入那所大学，接受很棒的教育。爸爸就是为了这样才把工作换到莱比锡的哦。"

"就是啊。你们别辜负爸爸的期待，要好好学习哦。"玛格达莱娜附和了丈夫一句。

"是！"

"好的！"

8岁和9岁的儿子乖巧地回答，然而大儿子弗里德曼却对玛格达莱娜的话置若罔闻。12岁的他，对这个与自己只相差10岁的继母，从未叫过一次"妈妈"，还三番五次地忤逆她。在他心里，3年前突然离世的母亲的面容还历历在目，与此同时，不希望父亲的关爱被别人夺走的独占欲也仍在发作。现在的他，正处于心理最复杂的年纪。

面对这样的弗里德曼，大女儿凯瑟琳娜颇有姐姐样地劝解了他。这个女儿早早就成了这位年轻母亲兼家庭主妇的左膀右臂。巴赫总会在勤劳寡言的大女儿身上看到已逝的第一任妻子的身影。

马车终于驶入了莱比锡市内，在宽敞的石板路上发出"咔啦咔啦"的声音，来到了市中心的市集广场。这个广场一年

当时的莱比锡市附近

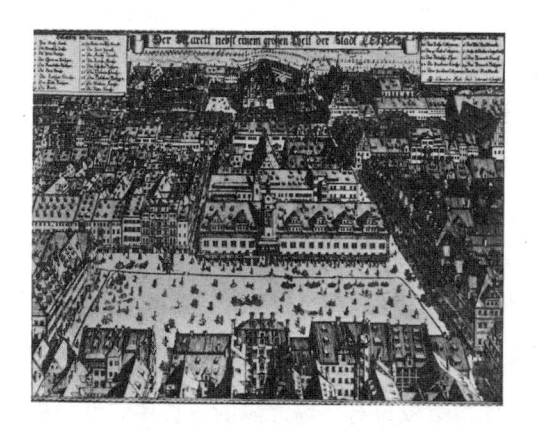

当时的莱比锡市中心

会举办两次大型博览会，全德国的人都聚集在这里。莱比锡作为商业与学术之都，早已闻名于世。

市集广场西边的角落，矗立着一座有着高塔的教堂。

"那就是圣托马斯教堂，是爸爸从明天开始要为之工作的教堂。"巴赫郑重地告诉家人们。

"你们的爸爸成了那座教堂的乐长哦。"玛格达莱娜自豪地看着丈夫说道。

"而说这话的你可是乐长夫人哦。这对年纪轻轻的你来说是多么沉重的头衔啊！"

"就是啊。在尊敬的牧师面前，我该摆出怎样的一副表情才好呢？大家肯定都要以为我是你的女儿呢。"

"没事的。我的新娘子永远都是年轻的小姑娘。好啦，新娘子，我们到啦！孩子们，这里就是你们的新家啦！"

一家人即将入住的乐长住宅，坐落在圣托马斯教堂左边的托马斯学校之中。那是一栋三层楼的砖房，与学校并不共用一个入口，有自己独立的正门。圣托马斯教堂的历代乐长都住在这栋与学校只有一墙之隔的乐长住宅里。这个住处已经颇有年头，略显破旧，学生们的吵闹声也听得一清二楚，与这一家人在科腾被赐予的宫殿中宽敞又优雅的住所相比，简直是天壤之别，但不管怎么说，这里从今天开始就是新家了，是一家人难得的落脚之地。

"好啦,太太,该进新家啦!"

巴赫第一个从马车上跳下来,按照德国历来的传统,抱起妻子大步跨过了新家的门槛。随后,抱着小宝宝的大女儿凯瑟琳娜进了大门,三个男孩子也跟着小心翼翼地在新家里迈开了第一步。

就这样,巴赫一家人整整坐了一天马车,在他们今后要住下的托马斯学校边上的乐长住宅落了脚。在这里的第一晚,精疲力尽的他们在新房间的新床上沉沉睡去。

现在的圣托马斯教堂

当时的圣托马斯教堂（中）和托马斯学校

CHAPTER 2　第二章

托马斯教堂乐长

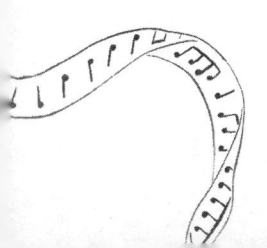

巴赫当上了被誉为"莱比锡市的门面"的托马斯教堂乐长。从这一天起，要应付繁忙且高强度的工作的日子就拉开了序幕。创作、指挥、演奏教堂音乐，训练合唱团，指导全市的音乐活动……非身心俱健之人不能胜任的托马斯教堂乐长，究竟承担着怎样的工作呢？

乐长就任仪式在巴赫一家到达莱比锡九天后的 5 月 31 日举办。巴赫穿上黑色的乐长服，戴上搭配礼服用的假发，前往就任仪式举办地点——托马斯学校的讲堂。说是"前往"，其实也不过就是从乐长住宅的门口出来，经由距离教堂更近几步的学校入口进入同一栋建筑物里而已。

巴赫走进讲堂一看，发现托马斯学校的学生、家长以及市领导等都已经整齐端坐。

托马斯学校的校长和副校长、莱比锡市议会的官员、教堂里的高等牧师们分成三个阵营坐在讲台上。台上加起来有 20 多人，其中大多数人巴赫已经在一个月前的入职考试中见过。

——好啦，现在看来光是要公平地和这些人一个个打招呼，就要花上不少时间呢。

巴赫登上讲台，从台上端坐一排的人的最角落一位开始，庄重地对他们致以问候。遗漏任何一个人都会大事不妙，和任何一个人说多了也会惹出麻烦。巴赫对每一个人都致以不多不少的问候，仿佛计了时一样，正正好好 30 秒。毕竟这 20 多人，今后全部都会成为巴赫的上司。

这是因为，巴赫就任的"乐长"的工作，虽然大体来说就是全权负责在圣托马斯教堂演奏的音乐、教堂附属托马斯学校学生们的音乐教育,但除此之外,市里另外四个教堂的音乐也自然而然都归他负责。因此市政府方面也授予了巴赫"莱比锡市音乐指导"的头衔。也就是说,巴赫同时拥有了教会、学校、市政府三组吹毛求疵的上司。

——哎呀呀,这才问候完一半啊!我可太不擅长这样的客套场面了。这样看来,科腾的宫廷乐长工作还是很轻松的。不管怎么说,至少在那边只要讨一位上司的欢心就行。

巴赫一边问候着,一边想象今后的生活,心情已经沉重起来,但是他此前也并非不知道教堂乐长这份工作会有多复杂。不但知道,巴赫还从小就把教堂当作第二个家,长大成人后又在好几所教堂做过管风琴师,教堂乐长一职意味着什么,他是再清楚不过的了。"成为教堂音乐[1]和教堂附属学校学生的负责人。也就是说,大家认可这个人在音乐和人格方面都是优秀的。"成为乐长,就是如此光荣的一件事。

——虽然巴赫一族代代都是音乐家,但是出类拔萃到当上乐长这个程度的,除了我也就只有一人。而且那个人就职的城镇可比这里小得多。从这个角度来看,此刻我可以说是背负着全族人的希望。

---

1 教堂音乐,指在基督教的教堂内演奏的音乐,其内容因天主教、新教、东正教等各流派而异。粗略地说,天主教教堂演奏的音乐被称为弥撒曲、安魂曲等,新教教堂演奏的音乐被称为赞美诗、康塔塔、经文歌等。

自从被正式任命为乐长那一刻起，巴赫就非常看重这一份荣誉，毫不犹豫地在上司递给他的契约书上签了字。那一纸文书上，洋洋洒洒写满了"要诚心诚意对待学生的教育""教堂音乐不宜冗长轻浮，要通过演奏唤起人们的虔诚敬意""要倾尽全力训练在教堂演唱的学生""没有市长允许不得擅自离市"等几十条规定。巴赫心想，这些规定到时候总有办法做到的，于是便抱着乐观的心态签了字。日后他就会知道，他的预估是错误的……

——不得不说，这些人之间的关系看起来真复杂啊！

巴赫终于对坐成一排的上司们逐一问候完毕，坐到了自己的位置上。当他看到三组上司用严肃的表情彼此对峙时，便有了不好的预感。

这个预感马上就得到了验证。

进行到"向乐长致欢迎词"这一环节时，牧师代表庄重地走到讲台中央，展开稿纸准备朗读欢迎词。就在此时，市议会的官员仿佛正等着这一刻似的，纷纷站起身叽里呱啦地抱怨了起来。

"不是，请等一下。恕我失礼，你们误会了吧？向乐长致欢迎词应该由我们市政府官员来做。"

"这样的场合怎么能是教堂代表登台？这也太轻率了。"

"就是就是！教堂那边根本就没有为这个仪式做过哪怕

一点贡献吧！居然还想把市议会晾在一边，自己致欢迎词，也太厚颜无耻了。"

只见那个站到台上刚准备开口致辞的牧师涨红了脸，当场反驳道："无礼之徒，何出此言?！依照传统，向乐长致欢迎词一直就是以我们圣职会议的名义进行的。话说回来，乐长职务本就直属教堂管理，由我们这些直属上司来致欢迎词，这又有何不妥?！"

"何止不妥，简直不妥极了。听好了。你们扪心自问一下，是谁给这位乐长发工资的？正因为工资是我们来发，所以不管是乐长的决定权还是任命权，都在我们这边！"

"嗬，市议会可真敢信口开河。既然这么说，那我们可就要理论理论了。手握着所谓的决定权、任命权，却错失了最佳人选的，又是何方神圣呢?！"

正在气头上的牧师终于在巴赫面前说了不该说的话。

"你们听好了，本来我们期望的新乐长人选可是汉堡市的泰勒曼[1]先生，或者黑森公爵的乐长格劳普纳先生。要接过前任乐长库劳先生的重任，只有和这两位先生一样的知名人士才合适。结果你们从穷乡僻壤的科腾宫廷选来一个连大学

---

[1] 泰勒曼（Georg Philipp Telemann，1681—1767），活跃在德国北部的大作曲家兼管风琴家。当时，他的人气远远超过巴赫和亨德尔。他为贵族宴会写的《宴席音乐》非常出名。

都没读过的人……"

"噢！又要翻这个旧账吗？为什么我们将就选了巴赫先生，个中原因你们应该也心里有数。泰勒曼先生以汉堡市大幅涨薪为由匆匆返回，格劳普纳先生也说雇主黑森公爵无论如何都不同意他辞职，不是吗？当初是你们先说'既然如此，那么退而求其次就好'的。这话你们总不会不记得了吧？"

——哎呀呀，在我这个当事人面前，居然就打起了口水仗吗？

巴赫看着口吐飞沫、怒目相对的市政府议员和牧师们，因为他们毫无顾忌的举动而惊讶得合不拢嘴。

关于自己被聘用为乐长的个中缘由，巴赫其实也略知一二。正如他的上司们无意间透露的那样，泰勒曼和格劳普纳都来参加了托马斯教堂乐长的入职考试，都当即获得了全场一致同意的聘任邀请。两人都是知名人士，是莱比锡市梦寐以求的人才。然而，最先被任命的泰勒曼说原先就职的汉堡市将他的薪资涨了将近一倍，很快就返回了汉堡；格劳普纳也以他的雇主黑森公爵无论如何都不同意他辞职为由回到了原先的岗位，在那里，等待着他的同样是升职加薪和丰厚礼遇。也就是说，泰勒曼和格劳普纳都为了提高现职的薪资，巧妙地利用了托马斯教堂乐长这一职位。

莱比锡市的人们后来才意识到他们被两个处事圆滑的人

都摆了一道，失望不已的他们为第三顺位候选人巴赫举行了考试。

巴赫交出了出色的作品，管风琴和键盘乐器[1]也都演奏得相当出色，然而市政府官员们却提不起兴趣给他任命。巴赫作为管风琴手的名声在莱比锡市也颇为人们所知，然而对于乐长的工作而言，比起演奏管风琴，教育和作曲方面更被看重，因而那名声几乎不会引起关注。最后，巴赫未曾读过大学的事实也是官员们迟迟难以下定决心聘用他的重要原因。

"以前的乐长们，可都是大学毕业的……"

"上一个乐长那么博学，甚至可以用希腊语、希伯来语[2]出书……"

"相比之下，巴赫先生却……"

"但是，托马斯教堂乐长的位置总不能一直空着。既然找不到最合适的人选，那除了将就一下，选个才能平平的人，也别无他法了。"

"反正，巴赫先生的神学和拉丁语教义问答也做得很不错，就用他吧。"

经过这番始末，巴赫才当上了乐长，市里的官员为他拟

---

[1] 键盘乐器，有键盘的乐器的总称。现在主要指钢琴的前身。

[2] 希伯来语，古犹太《圣经·旧约》时代的语言。

定了格外严格的契约书。

市里的官员和牧师们在巴赫面前上演了一番激烈的争论,之后,双方代表又发表了几乎同样时长且略显冷淡的欢迎词,让场面冷静了下来。然而,市里和教堂围绕乐长一职的权力之争并未就此结束。接着,斗争又转移到了关于书面手续方面的无休无止的讨论上。这样的斗争与巴赫本人并没什么直接关联,但他也被迫看透了自己的处境有多么麻烦。

——教堂和市政府,两边的上司都对各自的权力互不相让,究竟要怎么做才能让他们双方都满意呢?

最后,巴赫心不在焉地念着自己的答词,一边深深地考虑起了这个问题。

"你听我说,不止这样,他们交给我的工作,那可是多到烦人的程度啊!这么一想,我可没有时间像现在这样和你悠闲地聊天了。"

当天晚上,巴赫向妻子报告了就任仪式上的纷争,随后又把乐长的工作内容仔细地说明了一番。

"首先是托马斯学校的工作,包括教授拉丁语和教义(宗教中的道理思想)的课程。此外,还要管理学生和训练合唱团。不仅如此,还要负责这个合唱团的孩子们的声乐课和器乐课。

接下来是圣托马斯教堂的工作：为每周日的礼拜和其他特殊礼拜创作康塔塔[1]（歌唱与器乐合奏的宗教音乐）并进行指挥。其中还包括做礼拜时演奏管风琴。"

"咦，亲爱的，演奏管风琴难道不是管风琴手的工作吗？"

"表面上是那么说。可是，说出来不太好听，这个教堂的管风琴手不仅只有三流水平，还同时兼任着别的教堂的工作。我虽然不想抢他的工作，但只要我有空，还是打算自己来演奏管风琴。而且，玛格达莱娜，圣托马斯教堂的管风琴前段时间才刚刚修过，状态好着呢。你明天就可以来看看，一想到可以自由地弹奏那么大的管风琴，我现在心就开始怦怦跳了。那么好的乐器，才不能交给什么三流管风琴手去弹呢。"

"哎呀，亲爱的，看你高兴得像个孩子一样。不过真是太好了，弹管风琴这件事，与其说是你的工作，不如说是你最大的期待了吧。"

"正是。你太了解我啦，可爱的夫人。另外，我在莱比锡市里也有好多工作呢。市里举办重要活动，还有王室贵胄来访时，我需要创作并指挥庆典音乐。此外，在圣托马斯教堂

---

[1] 康塔塔（cantata），由独唱、合唱、器乐合奏等组成的乐曲。分为教堂康塔塔和世俗康塔塔两大类，教堂康塔塔以赞美诗的歌词和旋律为基础创作的，世俗康塔塔以流行歌曲和歌词为题材进行创作，更为自由。前者在教堂礼拜中演奏，后者在一般的庆祝仪式中演奏。

举办的市民婚礼、葬礼的音乐也必须由我来负责。不过，这部分工作每次都能得到钱，所以算是一份待遇优厚的零工吧。相反，不清楚能拿到多少钱的是大学的工作。大学教堂的礼拜、特别活动使用的音乐，也是托马斯教堂乐长的职责之一。"

"哎呀！学校、教堂、市里，连大学的工作都有！这么一来，有多少个身体都不够用的呀！"

"我天生身体好，这方面不用担心，作曲和演奏也不难。问题是拉丁语和教义课啊！这些要是全都承担下来，我不但会没有时间创作音乐，精神也会疲劳的。所以我想和你商量，就这堂拉丁语课，我想出钱请其他老师来教。一年要花 50 塔勒[1]，你能想办法坚持下去吗？"

"好的。我明白了，亲爱的。"

"刚才，我试着算了一下乐长的收入，年收入差不多能有 700 塔勒。除此之外，婚礼、葬礼办得越多，额外收入就越多。只不过，注重健康的风气要是接着吹下去的话，咱们的家计估计就难以维持了呀！"

"注重健康的风气？哎呀，亲爱的，你这是在说什么呢？多不吉利。"

"我开玩笑的，孩子他妈。哎呀哎呀，别用那么可怕的眼

---

[1] 当时德国的通用货币单位。——译者注

神瞪着我,都说了只是开个小玩笑而已嘛。好啦,先不说这个,我也想一直在孩子他妈身边偷懒,但一想到越堆越高的工作,可不能再这样下去了。总之,从今天起,我必须每天不断地创作康塔塔、经文歌[1]、管风琴曲才行。我感觉自己简直成了只母鸡,每天天一亮就得扑哧一声生出一首新曲。好啦好啦,说这些话的时间也该写点什么了。那,我就到工作间去了。总而言之,先从下周日的康塔塔开始吧!"

从这一天起,巴赫繁忙的生活就开始了。他生性就憎恶浪费时间,在这样的忙碌之中,更是不能虚度一分一秒。

每天早晨,巴赫便早早去到与自家只有一墙之隔的托马斯学校,看管学生们的生活作息,训练由这些学生组成的托马斯合唱团,教授单人课程,为合唱团在圣托马斯教堂礼拜的合唱做指挥,负责其他四个教堂的音乐创作、指挥、指导,这是托马斯教堂乐长的分内之事。此外,每个月还要负责几次大学教堂礼拜的音乐活动。空闲时刻,则要提升自己演奏管风琴的技巧,和听闻新乐长的消息后前来拜访的人们见面谈话,时而会应要求弹管风琴给人家听。巴赫精细地分配着

---

[1] 经文歌,以《圣经》为歌词的合唱曲。在巴赫的时代,经文歌已经被认为是古老形式的音乐。

每天的时间,精力充沛地完成一项又一项的工作,这真是只有身心俱健的他才能胜任的繁重工作。

"虽说已经有了心理准备,但这副在科腾宫廷里过惯了悠闲日子的身体还是有些吃不消啊!"

独自散步或是伏案工作的时候,巴赫偶尔会这么自言自语。

尽管承担着这么多重要的任务,教堂乐长的社会地位却比宫廷乐长还低一级。

顺便介绍一下,这个时代音乐家的身份,从高到低排列一下大致是这样的顺序:宫廷乐长,教堂乐长,宫廷乐师长(乐团首席[1]),宫廷管风琴手,大城市或城镇教堂管风琴手,宫廷乐师,城镇乐师。所以,但凡有点才能或野心的音乐家都会虎视眈眈地等着上位空出来,力争当上教堂乐长或是宫廷乐长。

巴赫也是从18岁那一年当上小镇教堂管风琴手开始,踏踏实实地迈上这一个又一个台阶,才终于登上了最高峰——人人艳羡的科腾宫廷乐长。从这样的标准来看,辞掉宫廷乐长

---

[1] 乐团首席,坐在管弦乐团第一小提琴手席位的人。首席小提琴手起到协助指挥整个管弦乐团的作用。

来当城市乐长的巴赫好像是自己主动在梯子上降了一级一样，但其实，大城市的教堂乐长比起小城市的宫廷乐长而言，地位和收入都要更高。这样现实的权衡充分说明，巴赫的跳槽就算不是一飞冲天，也能算是出人头地。

"所谓乐长，就像是一个城市的门面。"

这才过了几星期的时间，巴赫就已经记住了市里所有教堂的音响和管风琴构造之优劣，还有合唱团用的廊台的布置。这天晚上，在结束了一天的繁忙工作后，他与家人一起围坐在桌边吃着晚饭，说道：

"不管走到哪里，都有人打招呼、搭话。在我看来只是初次见面的人，却摆出一副很了解我的样子。"

"一定是做礼拜的时候看过你好多好多次，所以把你当成很熟悉的人了吧。就连我第一次和你说话的时候，也觉得像是很久以前就认识一样。"玛格达莱娜想起了少女时代那些遥望宫廷乐长巴赫的日子，怀念地说道。

"在学校里，大家也经常讨论爸爸哦。"

大儿子弗里德曼笑嘻嘻地插了句话。三个儿子已经开始到父亲任教的托马斯学校上学了。他们在家会见到父亲，在学校会见到父亲，去了教堂也会见到父亲。

"爸爸能想象在学校里大家都是怎么说我的。乐长对学生们来说不过就是讨人厌的存在罢了。反正肯定不会说我什么好话的，立场上不讨喜啊。"

"我经常被人问，爸爸在家里是不是也这么可怕。"三儿子伯恩哈德噘着嘴报告说，"所以我告诉他们，只要你们了解我爸爸，就没什么好怕的。爸爸只有在我们做了坏事的时候才会生气。"

"哎呀哎呀，全家挨骂最多的孩子反倒替爸爸辩护了吗？真是世事难料呀！这样一来，今天晚上你要是忘了爸爸布置的作业，爸爸也没法批评你啦！"

"啊！"

"你看，果然忘了吧。"

巴赫短暂地皱了皱眉，伯恩哈德见状，颤抖着找了个借口。

"对不起。我本来想在下课时间做的，结果今天轮到我做值日生，所以没做。"

"骗人，你不是一直在玩吗？肯定是光顾着玩，所以忘了做了。"

见谎言被哥哥弗里德曼拆穿了，伯恩哈德一副要哭的表情。他很明白父亲有多讨厌谎言和借口。

"你这已经是第几次忘记做作业了？"巴赫严厉地说，"爸爸很讨厌偷懒、撒谎的人。这样的小孩不是爸爸的小孩，也不是我们家的小孩。去，赶紧回房间，现在就去把它做完。

做完之前不许下来。听明白了吗？"

饭才吃到一半，伯恩哈德就哭丧着脸走出了房间，巴赫看着他，内心沉重。

——虽然可怜，但是必须趁现在把那个孩子的性格纠正过来才行。该说他怯懦还是没规矩呢？总之性格里带点软弱，简直不像我的儿子。照那样下去，将来吃苦的是他自己。

"爸爸，看看我的。"弗里德曼得意扬扬地把自己的笔记本递给了巴赫。

"今天的比较难，但我还是想办法做完了。"

"是吗？那我来看看。"

巴赫笑眯眯地接过大儿子的笔记本。本子上画着整齐的五线谱，排列着漂亮的音符。

巴赫给儿子们布置的作业就是作曲。在家里，他也始终是孩子们的教育者、指导者兼音乐老师，一天也没有松懈过。

弗里德曼一直紧贴在父亲身边，等候他的评价。他心里很明白自己是父亲最中意的小孩。当然，巴赫对孩子们的爱是没有区别的。

"嗯，很不错啊，这个和声[1]的用法就很好。能写到这个

---

1 和声，两个以上重叠的音的组合，有时所指还包括其规则和理论等。

程度，你已经可以从二声部赋格[1]毕业了。好，爸爸在这里写一个主题[2]。听好了，这次你试试把它写成三声部的赋格。到了三声部，可就不能再像之前那样只考虑两个声部间的关系了。这个声部的叠加规则是……"

巴赫向弗里德曼详细地讲解了三声部赋格的创作方法，然后戳了戳笔记本角落里的涂鸦。

"话说回来，这个校长画得真好啊。弗里德曼，看来你也有当画家的潜力。"

大儿子早早就展露了天赋，这让他打心底里感到满意。

二儿子埃马努埃尔则和大儿子形成了对比，他属于那种脚踏实地、默默努力的类型。

"嗯。你的也不错。一个错误也没有。要不试试写得再大胆一些？你的基础打得很好，偶尔冒冒险也无妨。看，这个旋律……这样稍微改一下是不是就有趣多了？就像这样试试看。这样，你也和哥哥一起学学三声部赋格吧。刚才在旁边听明白了吧？变成三声部之后需要注意的地方是……"

认真完成对孩子们的音乐教育后，巴赫终于开始自己的

---

1 赋格，一个旋律（主题）按照既定的规则被重复、叠置的曲子。

2 主题，一首曲子的基础旋律。

作曲工作了。

这个时候，只要没有特殊的情况，他就不会回到工作间。

——孩子们醒着的时候，要尽量待在他们身边。

这是巴赫身为家长的信条。

"好啦好啦，接下来是爸爸做作业的时间了。"

巴赫坐在咯咯笑着的小宝宝和闹腾地围着自己跑的孩子们中间，悠悠然地展开五线谱，开始工作。

"哎呀，亲爱的，抱歉了。我现在就让孩子们安静下来。"

玛格达莱娜慌乱地制止孩子们，然而安静的场面连一分钟都没能维持下来。孩子们正是爱玩的年纪，父亲在场更是让他们兴奋不已，很快大家就又活蹦乱跳了起来。

"哎哎，你们啊，跑就跑吧，拜托可千万别撞到爸爸的桌子。墨汁溅出来把乐谱全弄黑了，到时候再厉害的钢琴家也弹不了了。"

巴赫没有生气，只是这样提醒了一句，就在孩子们的玩闹声中专注地继续创作乐曲了。

——孩子们那么大声吵闹，他却好像独自在天堂里一样，忘情地创作着乐曲。他是怎么做到的？简直像神明一样。

望着迅速忘记身边的孩子、投入作曲的丈夫，玛格达莱娜内心对他的尊敬到了几乎有些害怕的程度。尽管这样的场景每天晚上都会重复上演，但她每次都会收获新的震撼。

在这样的一天天里，巴赫孜孜不倦地为每周日的礼拜创作着康塔塔。

康塔塔是教堂里牧师布道前或者布道间隙演奏的音乐，它不止一首曲子，而是包括独唱曲、合唱曲、管风琴曲和管弦乐曲等在内的数十首曲子。礼拜一般是早上7点开始，而布道是接近8点时开始，在那之前要演奏康塔塔，所以音乐的时长必须足以填满这段时间。而且，由于每周布道的内容都不一样，所以巴赫也必须每周创作与布道内容相称的康塔塔。

巴赫严格地履行这项义务，在来到莱比锡的头五年里，居然谱写了将近300首康塔塔。也就是说，他一年大约写60首，每月就得写5首，每周就得写1首。希望大家记住，这仅仅是他为圣托马斯教堂的礼拜创作的歌曲数目。

除此之外，还有四个教堂、大学教堂、市里……当然，这些地方并不需要他每周都作曲，但巴赫只要一接到作曲需求，就会很乐意为市里、大学、其他教堂创作经文歌并担任指挥工作。这是多么超乎常人的创作力啊！

等到孩子们都上床睡觉了，巴赫就会转移阵地，到他们夫妻卧室隔壁的工作间继续谱写康塔塔。

"亲爱的，我来给你帮忙吧？"

总是帮忙写谱的玛格达莱娜轻声对他说。

"不用了，今晚没有这个必要。你也累了，早点休息吧。我再过一会儿也去休息了。"

巴赫说着，并没有停笔。

玛格达莱娜因为做家务活和照顾孩子已经累坏了，上床后很快就沉沉睡去。不知睡了多久，她在微小的动静中醒来，发现丈夫的床还是空的。

——亲爱的，塞巴斯蒂安……

玛格达莱娜起身披上长袍，悄悄去看了眼丈夫的工作间。

在那里，玛格达莱娜看到了丈夫认真作曲的安静身影。在微弱的烛光下，丈夫趴在小小的工作台上，小声地哼唱着，同时还不停地挥舞羽毛笔，书写着细密的音符。那身影肃穆而又孤独，让身为妻子的她也难以出声打扰。

——在那么昏暗的灯光底下，看着那么细密的乐谱，眼睛肯定会疼吧。

玛格达莱娜沉默地回到了床上，在心里不断地祈祷。

——请务必保护塞巴斯蒂安的身体。请务必保护塞巴斯蒂安的眼睛。

终于，玛格达莱娜没能抵挡睡魔的侵袭，在小小的呼吸声中入睡了，工作间里羽毛笔的声音却一刻也没有停下来。

这样的日常，就是巴赫作为托马斯教堂乐长生活的开端——严格自律，繁忙，个人自由完全被夺走。

不过，巴赫和玛格达莱娜都还年轻，精力十足，能把疲惫驱散得一干二净，他们怀抱着对未来新生活的无限期待，无比珍惜地度过一段又一段时光。

CHAPTER 3 第三章

里面是太阳,外面是暴风雨

面对着十几个不负责任、内心险恶的上司，巴赫发起了一场恶战。

一踏出家门，就像在暴风雨中前行，在那段艰难的日子里，支撑他的是爱妻安娜·玛格达莱娜。孩子们都睡着后，巴赫作曲、妻子写谱的分工合作总是会持续到深夜。

第二天早晨玛格达莱娜醒来的时候，丈夫的床铺仍然是空的。玛格达莱娜条件反射地跑到窗边。从那扇窗户可以看到广场对面市政厅的大钟。

"4点刚过……"

玛格达莱娜定睛看了看街道上的大钟，此时还未破晓，天色暗沉沉的。

"塞巴斯蒂安还在工作吗？他一晚上没躺下吗？"

玛格达莱娜担心丈夫的身体，皱着眉头向工作间张望。

那里也没有丈夫的身影。

"啊，对了！这周又轮到塞巴斯蒂安巡视学校了。"玛格达莱娜想起这回事，心情更加沉重了。巴赫每月都有整整一周的时间，必须在校内进行巡视并监督学生。在这一周里，从寄宿生早上4点起床（冬天则是早上5点起床）开始，到晚上8点他们上床睡觉为止，他会全程参与学生们的祈祷、吃饭、上课等所有生活环节，监督他们是否遵守了规矩。这也是托马斯教堂乐长的重要职务之一。

"为什么塞巴斯蒂安连那些工作都非做不可呢？学校也好，市政府也好，都逼着塞巴斯蒂安去做那些无聊的杂事，剥夺他做音乐的时间。那些领导不知道吗？如果给塞巴斯蒂安自由的话,他能写出多么出色的音乐啊!唉,难道就没有一个人能认可塞巴斯蒂安真正的价值吗?这简直是在埋没人才啊!"玛格达莱娜一边自言自语,一边去厨房准备家人们的饭菜。

另一边,4点前就离开了工作间的巴赫大致巡视了一圈托马斯学校的教室之后,就朝着三楼寄宿生们的房间走去。

那里生活着54个学生。

托马斯学校的大部分学生都是走读生,此外还有54个免费生,也就是不用交学费和餐费的少年。这些少年可以享受免费的教育和餐食,相对地,他们需要加入学校合唱团,在合唱团参加的所有活动上唱歌。圣托马斯教堂的礼拜、学校的典礼、市民的婚礼和葬礼,还有街头募捐……托马斯学校并非个例,所有教堂附属学校都会安排这种由免费生组成的合唱团来进行演奏活动,专业合唱团往往还没他们唱得好呢。

成为这种免费生有三个条件,那就是出身贫寒,无法维系生活,而且要有音乐才华。

简单地说,就好比是他们向学校贡献自己美妙的嗓音,以此来挣得学费。而他们就是巴赫必须日夜带着训练唱歌的托马斯合唱团成员。

——必须出身贫寒,无法维系生活,有音乐才华吗?这让我想起了米歇尔学校时代的事情呢。

巴赫慢慢走上通往三楼的阶梯,回想着自己少年时代的事情。当时的他,正好完全满足这些条件。

少年时代的巴赫住在一个叫作奥尔德鲁夫的小镇上。

巴赫不到 10 岁时父母就相继去世,成了孤儿。他被年长 14 岁、在奥尔德鲁夫当管风琴手的哥哥约翰·克里斯托夫收养,第一次来到了奥尔德鲁夫这个地方。

这座城镇很小,教堂也很小,所以哥哥的工资很微薄。

"一年 45 弗罗林[1],还有黑麦和柴木。"

巴赫自打从哥哥那里听说他的工资后,就下定了决心。

——我也得工作,我要帮助哥哥。

巴赫有着美妙的男高音嗓音。在他和父母居住的爱森纳赫,他就已经是合唱团的核心成员了。

巴赫很快就加入了哥哥送他去的拉丁语学校的合唱团,一边上学一边在教堂唱歌,在婚礼和葬礼上唱歌,在街头唱歌,从中赚了不少钱。从 10 岁到 15 岁,巴赫在奥尔德鲁夫的这五六年时间里,把自己赚来的钱毫无保留地交给了嫂子。这笔钱成了这个拮据家庭的一项重要收入。

但是,在这期间,哥哥家的婴儿接二连三地出生,巴赫

---

[1] 当时欧洲的通用货币之一。——译者注

想待也待不下去了。

"塞巴斯蒂安,我已经不能再照顾你了。对不起,你能不能考虑一下自己独立生活?当然,也不是说现在立刻开始,等你找到喜欢的工作后,再搬出去就行。我也想让你接受更高层次的教育,但是你也看到了,又多了三个孩子,家里要糊口都困难。对不起啊,也请你体谅我们家的情况。"

在巴赫以优异的成绩升上了拉丁语学校最高年级后的某一天,哥哥约翰·克里斯托夫抱歉地向他开口道。此时的巴赫14岁,而班上同学的平均年龄是17.7岁。那时候,拉丁语学校不是按照年龄,而是按照学习的进度来安排学生们升学的,所以一个班级里有不同年龄的孩子,巴赫在其中是最年少的。

"我明白了,哥哥。我会拜托老师和朋友,尽快找到工作的,请再给我一段时间。"

"不用太着急,也许有哪个小镇的乐师或管风琴手在找助手呢。"

在哥哥告诉自己之前,巴赫就已经知道独立的时刻即将来临。他的这位哥哥也早在14岁那年就离开了父母,到德国南部的管风琴大师帕赫尔贝尔[1]家拜师学艺。巴赫正好在那个

---

[1] 帕赫尔贝尔(Johann Pachelbel, 1653—1706),17世纪后半叶德国中部、南部的管风琴音乐作曲家。他与德国北部的布克斯特胡德齐名,是当时最优秀的管风琴演奏家之一,影响了许多音乐家。

时候出生，因此在父母去世之前，他和哥哥就像陌生人一样。尽管如此，出于"我是塞巴斯蒂安的哥哥"的这份责任感，约翰·克里斯托夫还是把弟弟接了过来，照顾了足足5年。

在照顾弟弟的同时，约翰·克里斯托夫还担任了弟弟的音乐老师。他把弟弟带到自己工作的教堂，用自己的管风琴一教就是好几个小时。不只教演奏方法，连乐器的构造、修理方法，还有自己多年来辨别乐器优劣的方法，他都手把手地教给了弟弟。除此之外，约翰·克里斯托夫还把自己师从多年的帕赫尔贝尔的音乐毫无保留地传授给了弟弟。因此，巴赫已经具备足够的能力，即使马上进入社会，也能成为出色的城镇乐师或是管风琴师助手。巴赫发自内心地感谢这个哥哥，一辈子都未曾忘记他的恩情。

从第二天开始，巴赫就到处奔走，一见到朋友和熟人就打听有没有包吃住的助手或弟子的工作。

很快，拉丁语学校的乐长赫尔达就把巴赫给叫了过去。

巴赫忐忑不安地来到乐长室。

"哦，来了啊。请坐到那边的椅子上。"

赫尔达热情地接待了巴赫，他盯着巴赫看了一会儿，然后开口道："巴赫，你的音乐才能真了不起。我一直很佩服你。你歌唱得很好，小提琴也拉得不错。是你父亲教的吗？这样啊，以前就经常听说，巴赫家族的人都是天生的音乐家，看到你就明白了。"

"……"

"对了,我听很多人说你在找工作。这是真的吗?"

"是的,是真的。"

"这样啊……你哥哥也很努力。真是不容易。既然如此,我想向你提一个建议。"

"好的。"

"你真的很勤奋,这5年的成绩也都很优秀。如果现在就放弃学业,那就太可惜了。所以,我也考虑了很久,这里有一个最适合你的提议。你听说过吕讷堡的米歇尔学校吗?"

"不,没听过。"

"是吗?其实我以前在那所学校待过,米歇尔学校是吕讷堡最大的教堂圣米歇尔教堂的附属学校,那里的合唱团一直以聚集着有才华的歌手而闻名。只要加入这个合唱团,就可以免除寄宿费和学费,也就是说,可以成为免费生。不仅如此,还可以拿到月薪。虽然数目不大,但至少能填饱肚子。加入合唱团一边工作一边继续学习,你觉得怎么样?"

"老师!"

"你先不要激动。那里的免费生并非谁都能当,是有条件的。必须是穷人家的孩子,没有工作,还得有音乐才华。"

"老师!!"

"这不是很适合你吗？虽然过不上优渥的日子，但总比现在就出去工作强吧。如果你愿意的话，我来写个推荐信吧。你的实力完全值得推荐。你先回去，和哥哥商量一下再给我答复。"

"赫尔达老师，根本不需要考虑了！拜托了，请把我推荐给米歇尔学校吧！"

巴赫二话不说，马上就同意了这个提议。

赫尔达很快就向米歇尔学校倾情推荐了巴赫做免费生。很快，第二年巴赫就收到了录取通知书。

就这样，1700 年的 3 月 15 日，准确来说，距离 15 岁还有一周的巴赫，和他 18 岁的同学——同样以免费生身份被录取的埃尔德曼一起，徒步踏上了一段未卜的旅程，前往陌生的北方、未知的大城市吕讷堡。

从奥尔德鲁夫到吕讷堡，要一直往北走 300 公里。这是巴赫体验过的第二长的徒步旅行。

——必须是穷人家的孩子、有音乐才华的人吗？托马斯学校的免费生们似乎只具备了第一个条件。

爬上破损的木楼梯后，巴赫在心里嘀咕着，打开了少年们的起居室的房门。

一打开门，巴赫就不由自主地用乐长服的袖子捂住了鼻子。

"嗯，这是什么味道？真就拿这不干净的地方没办法了吗？"

巴赫急忙打开每一扇窗户，好让新鲜空气涌入，一边环视整个房间。

房间里从头到尾都摆满了床，床上的少年们睡得东倒西歪，不管是乐长进了屋子还是风刮了进来，都没能把他们唤醒。因为床位不够，小小的少年们两两挤在一张床上，一个叠着一个睡觉。少年们本来就体味浓，54个少年在这里起居，更是让这个房间弥漫着一种异样的恶臭。

"太挤了，太脏了，太过分了。至少要给这些孩子每人一张床才行。这样下去，万一有了传染病，不用多久大家就全完蛋了。"

巴赫看着精疲力竭的少年们熟睡的脸庞，心中涌起一股怜悯。就算是贫困家庭的孩子，就算是免费收留的孩子，也没理由受到这样的待遇。

——如果是他们自己的儿子被关进这么肮脏的房间里，他们还能若无其事吗？

巴赫对校长和市政府的官员们感到愤怒，他们把少年们置于这种状态下，不加任何照顾。据他所知，托马斯学校的免费生，这几十年来一直过着这样的生活。

"埃内斯蒂校长,也许我这个新上任的人不应该干涉,但是免费生的房间实在是太糟糕了,应该尽快改善。要么新建校舍,要么把宿舍搬到别的地方,让学生们住到更大的房间里去。否则那样下去,只要有一个人感冒,就会传染给其他所有人。还请您向市政府请示,争取一下预算。"

自从第一次巡视校舍以来,巴赫就多次向埃内斯蒂校长这样表态,但校长只是敷衍地回答,根本没有要管的意思。这位校长已有71岁高龄,干什么事都嫌麻烦,不管巴赫怎么苦口婆心,事到如今他也不想管这桩麻烦事。

——不行。这样下去绝对不行。我得强烈要求校长尽快采取措施。

巴赫一边这样对自己说,一边"啪啪"拍手,用响亮的声音向少年们发出号令。

"好了,起床时间到了!起来换衣服!"

少年们慢吞吞地爬起来,睡眼惺忪地脱下脏兮兮的睡衣,换上同样脏兮兮的衣服。

"干什么啊!"

"这是我的!"

"拿来!"

很快,大家就开始争抢鞋子和袜子,一场斗争拉开帷幕,枕头和吃剩的面包在床上到处乱飞。

托马斯学校的免费生们简直太没有教养了,这也明显体现了老校长多年来的怠惰。

"别扔东西了!快点穿上自己的衣服!把床收拾干净!"

巴赫焦急地大声斥责着少年们,但不管他怎么喊,少年们都不会听话。年纪大点的少年们用破锣嗓子恶狠狠地对质,小孩子们在地板上翻滚扭打。这在巴赫做免费生的那个时代是无法想象的。

在吕讷堡的时候,巴赫会和其他学生一起睡在古老的修道院里。他们都认真打扫房间,把自己收拾得干干净净,遵循规章制度。

在那个修道院里,还有贵族子弟就读的骑士学院。那群少年把免费生当作佣人,让他们扫地、擦鞋、跑腿,免费生们都默默遵从吩咐。不仅如此,巴赫还主动与贵族的孩子们交往,从而完全掌握了他们日常使用的法语,以及作为教养学习的法国音乐。

——这也得归功于米歇尔学校。这样的机会在别处是绝对得不到的。

对于求知欲高涨的巴赫来说,初见的一切都是学习的对象。

更重要的是,能成为米歇尔学校的合唱团成员,比想象中还要光荣好多倍。来到吕讷堡后他就立刻明白了,那个合唱团自古以来就是德国北部合唱团音乐的中心，团员们深受全市市民的喜爱，是大家的骄傲。

还有，合唱团的大本营圣米歇尔教堂，是多么雄伟，多么完美啊！巴赫有生以来，从未见过拥有这么高的柱子、这么多彩色玻璃的教堂。而且，圣堂内的音响效果简直太棒了！合唱团的歌声和管弦乐团的乐声，在足足回荡了五秒之后，才仿佛被吸入天空般消失在高高的天花板上。

"能在这种地方唱歌，我是多么幸运啊！来到吕讷堡真是太好了，简直就像做梦一样！"

巴赫每天都高兴地歌唱，如饥似渴地学习。

但是，入学仅仅三个月后，巴赫就迎来了一次大危机，差点被赶出学校。

有一天，巴赫正用他优美的高音唱着重要的独唱曲时，突然发现自己的喉咙里同时发出了一个低八度的声音。

——咦，喉咙被什么卡住了吗？

巴赫吓了一跳，停了下来，咳嗽了一下，又唱了一遍。但是，奇怪的八度二重唱并没有消失。他焦急地重新唱了好几遍，但从喉咙里出来的依旧是一种奇怪又陌生的声音。巴赫求助似的看着同伴，但大家都觉得他很可怜似的低着头。巴赫这时才突然明白了。他清楚地回忆起来，以前也见过学长和同学们像这样嗓子突然变得嘶哑、惊慌失措的样子。

——原来是这样！变声期吗？这一天终于来了啊！

受到打击的巴赫感觉心脏都要跳出来了，接着又难过得想蹲下。

——既然声音变成了这样，那肯定马上就会被赶出这里。好难过，绝望了，这下又要回到起点。

米歇尔学校的乐长笑着对巴赫说："按理说，你已经失去了在这里的资格。但幸运的是，你无论是作为小提琴手还是写谱员，都有着很出色的本事。我们也看中了你在这些方面的才能，决定让你今后以演奏家和写谱员的身份继续工作。所以，你可以继续留在米歇尔学校。恭喜你，塞巴斯蒂安。"

巴赫从心底里松了一口气。原本差点就得露宿街头，却被自己唱歌以外的才能拯救了。

其实，对于学校来说，像巴赫这样会弹好几种乐器，还会写谱的学生是极其珍贵的存在，他们根本没打算让他走。但巴赫并不知道个中缘由，只是一个劲地感激涕零，并以小提琴手兼写谱员的身份兴致高昂地投入了工作，不久之后又当上了教堂管风琴师助手。

在吕讷堡这个地方，巴赫结识了伟大的管风琴演奏家格奥尔格·伯姆[1]，并向他学习。在伯姆的推荐下，巴赫还访问了汉堡，见识到78岁的管风琴大师赖因肯[2]惊为天人的演奏技艺。

他居然能够同时得到最好的教育和最好的音乐体验！作为免费生在米歇尔学校度过的3年，对巴赫来说毫无疑问是最充实的日子。

——虽说那时的我们只是免费生，却拥有特别优越的条件……

巴赫看着眼前这群叛逆的少年，忍不住再次责备起校方的怠惰。

——这里的待遇实在是太差了。这样根本谈不上什么生活秩序。最重要的是，这里需要专业的指导者。教师们终究是顾不上的。唉，要跟校长和市政府官员谈判的事情太多了。怎样才能让那个不作为的校长行动起来呢？

巴赫赶着少年们到同一层的练习室兼食堂集合，点了名，让他们做餐前祈祷，指定了在就餐期间朗读《圣经》的学生。在少年们狼吞虎咽地吃着粗劣的早餐时，他详细地写下了要

---

[1] 格奥尔格·伯姆（Georg Böhm，1661—1733），德国管风琴音乐巨匠之一。他常年担任吕讷堡圣约翰尼斯教堂的管风琴手，以其强有力的演奏，给巴赫等年轻音乐家带来了巨大影响。

[2] 赖因肯（Johann Adam Reinken，1623—1722），德国北部的管风琴家代表。他常年担任汉堡圣凯瑟琳教堂的管风琴手。

向上司请示的事情。

结束课前学生监督和教义课后,在上午剩下的时间内,巴赫已经完全自由了,于是他赶去了圣托马斯教堂。

巴赫带着满脑子各种各样的想法,推开了教堂沉重的大门。但当他踏入昏暗的教堂,被灰色的墙壁和朴素的彩色玻璃包围时,焦躁的心就不可思议地平静了下来。

巴赫在圣坛前跪拜了几分钟,进行了每日的感恩祷告,之后就穿过一排排椅子,走向了装有管风琴的正后方。

从通道向上仰望,廊台上,巴赫最爱的乐器——管风琴,完全与建筑物融为了一体,散发出银色的沉稳光泽。廊台中央有一个演奏台。巴赫只要坐在那数百支音管下面,就会忘记围绕在他身边的一切琐事,一心一意为神的乐器——管风琴服务。接下来在管风琴前的几个小时,是他一天中最幸福、最充实的时光。

巴赫练习了昨晚不眠不休写出的康塔塔中的管风琴独奏部分。接着,他挑选了周日礼拜要唱的赞美诗,陶醉地以赞美诗旋律进行了即兴演奏。此刻在教堂里的人是幸运的。巴赫已经是有名的管风琴演奏大师,留下了许多传统的知名演奏,他们可以尽情享受他那出色的演奏技巧。

巴赫的双手和双脚以难以置信的速度在手键和脚踏板上飞舞。大多数管风琴演奏家在长长的琴椅上扭动着身体演奏,姿态很不美观，但巴赫坐得端正挺拔，脊背没有丝毫弯曲。几乎所有的管风琴手都会委托助手来控制音栓（改变音色、音质的装置，排列在演奏台两侧）的推进推出，巴赫则在演奏的间隙，以令人目不暇接的速度进行着这项工作。

巴赫弹奏的管风琴音乐气势雄伟，使得整个教堂都为之震动，下一个瞬间，又似天使的羽翼般极为轻盈地飘向了高高的彩色玻璃上方的穹顶。那余音过了一会儿便消失了，在短暂的寂静之后，教堂内又响起了仿佛从天而降的神圣回响。

这些音乐是巴赫此时此刻创造于这个世界的，如果他不在乐谱上记录下来，就会从这个世界上消失。但是巴赫并不急着把它们给记下来。对他来说，演奏就是作曲，因为只要面对乐器，无论何时何地都能创造出新的音乐。巴赫的艺术犹如阳光和泉水一般源源不断地从脑海中流泻而出，随心所欲地填满键盘、五线谱。

约翰·塞巴斯蒂安·巴赫，此刻，对着管风琴、埋头于自己的艺术，对于一个音乐家来说，他的身影实在是太伟岸了，有一种让人折服的力量。那正是堪称神之使者的神圣姿态。巴赫在这一瞬间，通过管风琴艺术攀登到了与神相同的高度。

"蠢材！要说多少次，你们才能把那个难听的声音给改过来！嘎、嘎、嘎，这样的嗓子给乌鸦得了！"还是这个巴赫，几个小时后却对着管风琴台前的合唱团大声吼叫，同时扯下自己头上的假发,并将其扔向了少年们。少年们那刺耳的声音完全激怒了巴赫。但是,不管乐长怎么骂,他们都满不在乎,甚至有人还因为看到了巴赫假发下那梳得光溜溜的头发而窃笑起来。巴赫的脸因愤怒和痛苦而扭曲着,如果按照他写的谱子来唱,应该会响起无比美妙的音乐,但这一切被愚蠢的少年们那比乌鸦的叫声还难听的嗓子糟蹋了。

"你们究竟是怎样把嗓子毁成这样的?啊?谁来回答我!"

巴赫对叛逆地把头转向一旁的少年们说。

"你们知道自己的喉咙现在是什么状态吗!不是一直警告你们千万不要让它变成这样的吗?到底为什么不保护嗓子呢?"

"为了什么,乐长先生你也知道的吧?因为昨天晚上在街上唱到了半夜。"一个少年回击道。

"你说什么?在那场雨里吗?为什么要这么做?这样肯定会伤到喉咙的啊!"

"还问为什么?乐长先生你应该很清楚吧?就是为了要钱呀。越是下雨,人家就越同情,给的钱也就越多嘛。"

"对啊对啊。能拿到很多钱,还有面包和火腿。"

"对啊对啊。我每天晚上都出去唱歌。乐长先生,要是饿着肚子,那可连乌鸦的叫声都发不出来呢。"

镶嵌着巴赫肖像画的管风琴（阿恩施塔特的巴赫教堂）

现代管风琴的演奏台

巴赫看着面色苍白的少年们，无言以对。

他们也确实有值得同情的地方。因为粗茶冷饭而饿着肚子，被学习和工作压迫得喘不过气来，累了只能躺在脏乱的床上，对于他们来说，比起为了演奏而保持优美的歌喉，他们更愿意站在街角或到家家户户门前唱歌，以此获取捐款和食物。即使教育他们说保持优美的歌喉是义务，也是对牛弹琴罢了。但这直接导致了圣托马斯教堂音乐水平的下降。

巴赫默默地合上指挥台上的总谱[1]，捡起滚落在地板上的假发，掸掉灰尘，然后将它戴在头上。

"伙食的事我会和校长谈的。总之，你们以后不要在外面晃悠了，先把这糟糕的喉咙治好吧。"

知道练习要取消，少年们发出粗野的叫声跑下楼梯。

巴赫痛感自己的无能。不管他怎么斥责，怎么提醒，他知道少年们今晚还是会在外面唱歌，乞讨，以此填饱肚子。只要大家对这样的事情仍然习以为常，只要校长以下的教师们都认为这是好事而不加反对，那就没有办法管住这群饥饿的少年。

巴赫每晚精心创作的康塔塔，如果交到这样的歌唱者手中，也就无法体现其价值了。

---

1 总谱，包含管弦乐、合唱等所有部分的完整乐谱。

"唉，孩子他妈，我每天一走出这个家，就好像走在狂风暴雨里啊。"

晚饭后，巴赫看完儿子们的作业，终于拿起喜欢的烟斗，深深地叹了一口气，小声说道。

"今天也是，到刚才为止，我去校长和市政府官员的家里拜访了一圈，和他们谈判，要求提高免费生的伙食和住宿预算，但大家的反应都很冷漠。不仅如此，还一副让我别多管闲事，别阻碍孩子们打工的样子。面对这样的人，该怎么挤出预算呢？净是一些不负责任的人。"

玛格达莱娜默默地站起身来，走到丈夫身后，温柔地把手放在他的双肩上。一想到丈夫遇到的种种困难，她实在说不出什么高明的安慰话语。

另一方面，她也相信丈夫是一个不会向任何困难屈服的坚强的人。实际上在此之前，巴赫已经就自己的工资、权利，还有管风琴等问题，不知和上司们交涉过多少次了。他一旦觉得自己的权利没有得到保护，一旦觉得乐器需要改良，就会像水蛭一样执拗，咬定不松口，最后势必要让对方答应要求才罢休。从小独立的经验和自信，赋予了巴赫数倍于常人的坚韧和毅力。

玛格达莱娜没有安慰他，而是用诙谐的语调唱了一首巴赫为自己创作的幽默歌曲。歌曲的主题是巴赫唯一的奢侈——

烟斗，玛格达莱娜以"对身体有害"为由反对他抽烟，他为表敬意创作了《爱烟人的教训》这首歌：

> 黏土和泥土可以做成烟斗，
> 我也一样，
> 终有一天我的身体也会化为泥土。
> 总是从这只手上溜走的
> 裂成两半的烟斗的命运，
> 和我的命运相同。

"哎呀，孩子他妈还反对我抽烟斗呢。但是，这首令人毛骨悚然的歌曲，在孩子他妈的歌声里也变得充满了魅力。"正如玛格达莱娜所料，巴赫马上恢复了精神，用欢快的声音对妻子说。

"对了，玛格达莱娜！把那个绿色的本子拿来。我刚想到了一首能让你进步的曲子！"

玛格达莱娜兴冲冲地拿起放在古钢琴（钢琴的前身）上的笔记本，递给丈夫。这本笔记本的封面上写着美丽的金字："安娜·玛格达莱娜·巴赫的钢琴小曲集，1722年"。

这本笔记本是两人结婚第二年巴赫送给妻子的礼物。

"孩子他妈，你的歌声我无可挑剔，但在钢琴方面还有一些进步空间。你看，我们俩一起用这个本子吧。你的指法每进步一点，我就给你写一首新歌。"

说着，巴赫翻开笔记本的第一页，认真地画了五线谱，并在上面写下了给玛格达莱娜练习钢琴用的欢快小曲。

从那之后过了两年半，现在笔记本也快用完了。

这个绿色的笔记本是巴赫和玛格达莱娜的爱情记录。巴赫不仅是孩子们的，也是妻子的音乐教师，这是他自创的一本优秀的古钢琴教学书。

现在，经常作为《法国组曲》演奏的钢琴曲中，也包括了被收录在这本《安娜·玛格达莱娜·巴赫的钢琴小曲集》中的曲子。这本小曲集和巴赫为大儿子写的《弗里德曼·巴赫的钢琴小曲集》一起，至今仍是孩子们学习钢琴的绝佳教材。

等孩子们都睡着后，巴赫和玛格达莱娜一起练习刚出炉的钢琴曲，然后在两张桌子上各点上一支蜡烛，开始作曲和写谱。

巴赫用有力的笔迹写下的曲谱，经玛格达莱娜之手，被抄写成为供每个演奏家使用的乐谱。玛格达莱娜的笔迹与丈夫的非常相似，几乎难以区分。深深相爱、互相理解的音乐家夫妇的分工合作，就这样一直持续到了深夜。

——不管外面如何狂风暴雨，我们家总是安稳祥和。正是因为家里有太阳，我才能忍受在外的辛劳。家庭的幸福是我的至宝。我必须衷心感谢赐予我这份至宝的神明。

巴赫有时会停下作曲的笔,看着专心投入写谱的妻子,感到发自内心地平静。

CHAPTER 4 第四章

与利奥波德亲王的友情

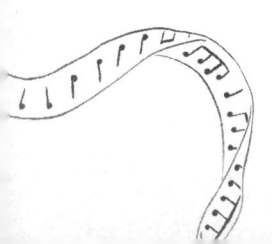

"快乐极了！开心极了！"利奥波德亲王久违地听到巴赫的音乐，以至于忘记了时间的流逝。巴赫颇为怀念地回顾了在科腾的宫廷乐长时代，那时他日夜都在为身为优秀音乐家的亲王，为聚集了众多著名演奏家的亲王的乐团创作器乐曲。

来到莱比锡大约9个月后的2月份，玛格达莱娜生下了一个儿子。

这是她的第一个男孩，名为戈特弗里德（Gottfried）。

很快，第二年4月，玛格达莱娜生下了第三个孩子。这次又是一个男孩，名为戈特利布（Gottlieb）。两个婴儿都在巴赫工作的圣托马斯教堂的洗礼台接受了洗礼。巴赫一家来到莱比锡不到两年，就组成了足足有九口人的大家庭。

"乐长先生的家，简直就像蜂巢一样热闹啊！"

造访乐长宅邸的人都会瞪大了眼睛这么说。

戈特利布出生的那一年10月，巴赫向市长请了两天假，前往科腾。这是为了参加10月10日利奥波德亲王的生日庆典。巴赫在亲王身边担任宫廷乐长时，每年的这一天都会送上康塔塔作为礼物，以博取亲王的欢心。

——这个传统，今后也一定要延续下去。

曾这样下定决心的巴赫，按照合同向市长写了一封休假申请书，好不容易从市长那里得到许可后，转身去了科腾。

"孩子他妈，我有个好消息！"

第二天傍晚，巴赫从科腾回来，刚进门就兴奋地叫道。

"哎呀亲爱的，这么大声嚷嚷，到底出了什么事？"正在厨房干活的玛格达莱娜在围裙上擦着手走出来，笑着问道。

"你猜猜看。"

"这个嘛……既然你去了科腾，那当然和科腾有关了。"

"嗯，对的。"

"那么，是亲王很喜欢你送的康塔塔，给了你很多奖赏吗？"

"确实得到了很多奖赏，但答案不是这个。"

"那就是……又从亲王那里要到好的乐器了吗？就像你以前在科腾工作时一样。"

"不，这个也不对。"

"啊，太难了！那么，到底是怎么回事呢？……咦？难道是亲王自己的事，而且是喜事？对了！肯定是这样！亲王要结婚了，对吗？对吧，亲爱的？"

"哎呀哎呀，你的直觉竟然这么准，真让人吃惊。没错，玛格达莱娜，亲王再婚的事定下来了，而且听说这位王妃比亲王更喜欢音乐。"

"那可太好了！不过仔细想想也是理所当然的。亲王那么擅长音乐，可每次当他弹奏小提琴或羽管键琴时，之前的王妃都会露出厌恶的表情，他怎么受得了呢？这次的王妃喜欢音乐，真是可喜可贺啊，实在太好了，他们一定很登对吧。"

"对你来说也有个好消息哦，玛格达莱娜。久违地到科腾宫廷唱唱歌，怎么样？我已经答应亲王了。"

"啊！在科腾！就像以前那样！"

"是啊，玛格达莱娜。11月30日要为新王妃举行生日庆典。我答应创作并演奏一首庆生的康塔塔，但亲王说，他也很想久违地听听你的歌声。可以吧？偶尔一起回趟故居，让他们听听喜庆的音乐吧。所以，在那一天之前，你可要把嗓音给练好了。"

"哎呀，太开心啦！亲爱的，谢谢你。我会努力练习的！"

从那天开始，玛格达莱娜就像以前做宫廷歌手时一样，开始认真练习发声。在巴赫眼中，妻子一有时间就对着钢琴练习的样子比其他任何时候都要美丽，也比任何时候都要有活力。

——玛格达莱娜每天都毫无怨言地照顾着我和孩子们，其实她内心也因为没有地方施展歌手的才华而感到寂寞吧。今后一有机会去科腾，我就带着她一起去，尽可能给她制造唱歌的机会。

巴赫看着玛格达莱娜开心的样子，内心强烈地感觉到，妻子也是个彻头彻尾的音乐家，对音乐的狂热一点也不输给自己。

巴赫在写礼拜用康塔塔的间隙，创作出了送给王妃的康塔塔《欢乐地在空中飞升》。

礼拜用的康塔塔的正确名称叫"教堂康塔塔",而为了庆祝结婚、庆祝生日,或者为了更日常的活动而写的康塔塔,则称为"世俗康塔塔"。巴赫还写了很多世俗康塔塔,但大部分已经失传,原因将在后文讲述。

玛格达莱娜很快亲手抄下了这部作品,在不到一周的时间里,就把女高音的乐谱全部背下来了。

11月30日早上,巴赫和玛格达莱娜以及几个要从莱比锡带去的歌手一起乘坐马车前往科腾。玛格达莱娜把留下来看家的任务交给了长大了的孩子们(巴赫的长女凯瑟琳娜已经17岁了),此刻的她看起来宛若少女。这也不奇怪,她比巴赫足足小了16岁,如今才24岁。

那一夜,对巴赫来说也是久违的快乐之夜。

他为王妃创作的康塔塔《欢乐地在空中飞升》,由利奥波德亲王宫廷的17人管弦乐团、玛格达莱娜和来自莱比锡的歌手们,加上亲王的男低音演唱,进行了完美的演绎。

> 欢乐地在空中飞升吧,
> 一直到高贵的山顶,
> 现在充盈于我们心中的

是各种各样的愿望啊。

亲王与歌手们并肩站在管弦乐团前,唱着男低音部分,他的眼神充满了迎娶心爱的王妃和迎来真心尊敬的前任宫廷乐长的喜悦。

巴赫也沉醉得几乎忘记了时间的流逝。他甚至有一种错觉,仿佛自己又回到了身为宫廷乐长的时光,那时的他颇受亲王的青睐,身旁还围绕着狂热的弟子们。

最重要的是,能够再次和一起工作了5年、心心相印的宫廷交响乐团的成员们合作,真是太棒了!其中还有亲王特意从柏林召来的好几位著名演奏家,其他人也都是些精心挑选的演奏者。巴赫曾为这些著名演奏家写了6首《无伴奏小提琴奏鸣曲》、4首《小提琴协奏曲》,还有6首《无伴奏大提琴组曲》。他还为优秀的宫廷管弦乐团创作了6首《勃兰登堡协奏曲》和4首《管弦乐组曲》,甚至为亲王特意从柏林买来的羽管键琴[1]写了13首《羽管键琴协奏曲》。巴赫在科腾的5年时光里,这些曲子都是他和演奏家们、亲王亲自演奏的,乐声夜夜不停,一直持续到蜡烛烧尽。

---

1 羽管键琴,16至18世纪最常用的键盘乐器。钢琴是用琴槌敲击琴弦,而羽管键琴是用拨子拨奏琴弦,因此音量较小。羽管键琴随着钢琴的发展而逐渐被冷落,现在主要用于室内演奏。

身边都是真心热爱音乐、真心赞美巴赫才华的人，这样的生活与现在托马斯教堂乐长的生活是多么不同啊！

"快乐极了！开心极了！好像回到了从前呀！"

利奥波德亲王好几次特地来到巴赫身边，对他这样说。

"话说回来，我为什么会放弃像你这样优秀的宫廷乐长呢？……女人的嫉妒心实在是可怕啊！"

他喃喃自语着，又回到了王妃身边。

宫廷大厅里的庆生宴一直持续着，就好像永远都不会结束一样。

康塔塔的演奏结束后，巴赫在科腾时期创作的作品也接二连三地上演。

《勃兰登堡协奏曲》中，欢快的节奏贯穿着整首曲子，以各种形式呈现出来，兴奋的管弦乐团成员们站起来跳着舞进行了演奏。利奥波德亲王也拉着王妃的手，跳起了快节奏的吉格（jig，三拍子舞曲）舞，舞姿动人。

在悠扬悦耳的长笛独奏波兰舞曲《管弦乐组曲》第二首中，亲王握着王妃的手，闭着眼睛，一起沉醉在那美妙的音色和旋律中。

在《管弦乐组曲》的第三首中，亲王亲自拿起小提琴，成为管弦乐团的一员，祈祷般地演奏了高贵优美的咏叹调

（这首咏叹调日后被编成了著名的小提琴独奏曲《G弦上的咏叹调》）。

巴赫也一边指挥，一边演奏羽管键琴，回想起那段令人怀念的日子，感慨万千。

——啊，今后还有机会写像《勃兰登堡协奏曲》和《管弦乐组曲》这样快乐的音乐吗？还有机会自由地指挥如此优秀的管弦乐团吗？……这么愉快的夜晚，真让人想抛下一切，回到科腾来。

巴赫每次与利奥波德亲王视线相接时，都能读出亲王眼中那无言的叹息。

——你能不能想办法回到科腾这里来？能不能像从前那样，担任我的宫廷乐长？

亲王在前王妃的唆使下不知不觉地疏远了巴赫，而他对这位年长9岁的大师的正直人格也非常了解，他无论如何也说不出"辞掉那边的乐长，回到宫廷来"这样不负责任的话，但他的眼神赤裸裸地透露出内心所想。

"如果不是担心儿子们的教育问题，我也许会欣然回到科腾来……"

漫长的宴会结束后，巴赫回到亲王给他安排的房间，向妻子吐露了内心的想法。

科腾时代的巴赫　　　　　　　利奥波德亲王

"要是那样的话，我也会很高兴的。"

玛格达莱娜怀念地环视着宽敞的卧室，说道。这是巴赫担任乐长时期亲王分给他的房间之一。

透过房间的窗户，可以看到鲜花盛开的庭园、种着梨树和葡萄树的果园、进行着马上长矛比武的赛场以及宁静的水池。而且，巴赫的孩子们被允许在庭园里尽情玩耍。

"的确，在宫廷里生活的时光，是我至今为止人生中最好的日子。"

巴赫环抱着妻子的肩膀站在窗边，眺望随着黎明到来逐渐清晰的美丽庭园，用罕见的低沉声音这么说道，随即又用奇怪的戏谑语气补充了一句。

"但是啊，玛格达莱娜，现在也不能说特别不好。我之前在两个宫廷和两个教堂工作过，就教堂来说，无论哪里都和现在的半斤八两。"

"啊！这我还是第一次听说！"玛格达莱娜瞪大眼睛看着丈夫，"因为我认识你的时候，你是让利奥波德亲王青眼有加的乐长，过着让这一带的音乐家都羡慕的优渥生活。在你向我求婚之前，我也根本没想到会和乐长先生结为夫妻。"

"哎呀哎呀，你还真是会说话。没错，那时候的生活，对我来说确实是理想状态，就连我都不敢相信自己有那么幸运。以前那个和教堂争执不下的我，好像都不是我自己了。"

"啊，你说和教堂争执不下？是哪个教堂？怎么回事呀？我想听你说说。"

玛格达莱娜好像逮住了机会似的，赶紧打听丈夫年轻时的故事。因为一旦回到莱比锡，彼此又要忙于日常工作，根本找不到时间好好交谈。

"真难办呀。被这么可爱的'爱打听'缠着，我是不说也不行了啊。我还没到忆往昔的年纪呢。"

尽管嘴上这么说，巴赫还是眯起眼睛，让妻子坐在他的膝盖上，开始讲起自己刚走入社会，成为管风琴手时的事。

"说是争执不下，其实故事也没什么特别的，就是音乐家和教堂之间的矛盾。我原本在吕讷堡的米歇尔学校边工作边学习，在 17 岁毕业那年终于要自食其力了。其实吧，米歇尔学校的老师们都劝我去上大学。因为我的成绩还算不错，所以肯定能拿到奖学金，而且大学文凭将来也一定能派上用场。虽然大家都这么劝我，但我那时还年轻，没想过为将来做打算，只想尽快进入社会，试试自己的实力。真是愚蠢啊，没想到现在就是付出代价的时候了。所以我想让儿子们接受良好的大学教育。"

"……"

"总之我当时找了工作，不是在吕讷堡，而是在巴赫家族的人聚集的图林根地区。因为我一直离他们太远了。幸运的是，住在各地的亲戚们都在帮我找工作，最终我得以在阿恩施塔特的新教堂里担任管风琴师。"

"真是运气好啊！"

"不，并没有。虽然说来简单，但要在那里安顿下来并不容易。在那之前，我去两个城市的两个教堂参加了考试，等了好几个月才得到答复，还都没有被录用。就是在那个时候我才明白了，在这个社会不是靠实力，而是靠关系。虽然我最后还是定下来担任阿恩施塔特的教堂的管风琴师，但那座教堂的管风琴还要等很久才能装好，在等待管风琴制作完成期间，我在魏玛的宫廷里待了三个月，兼任仆役和小提琴手。所以，当我正式开始在阿恩施塔特工作的时候，已经18岁了。"

"阿恩施塔特是个什么样的城市呢？"

"那是个很漂亮的城市哦，绿树成荫，甚至被称作'菩提树之城'。城市中央有领主的城堡和巨大的花坛。我工作的新教堂就在那边上，教堂很小，里面涂成了白色和蓝色，特别美丽，廊台围成一圈。管风琴也很小巧，但性能很出众——毕竟是管风琴制造名家温德（Wender）制造的。最让我高兴的是，这是我第一次拥有可以独自使用的管风琴。我只要每周工作三天就行了，剩下的时间，可以随心所欲地用来自习。所以我只要找到能给风箱（给管风琴的音管送风的装置）鼓风的朋友，哪怕是半夜也可以去教堂弹琴。自由度那么高，工资却足足有84弗罗林,几乎是普通管风琴师的两倍呢。"

"哎呀,方方面面都很完美吗?"

"一开始是这样的。我总是如此,万事只有开头顺利。因为在阿恩施塔特一开始给的条件很好,所以我很爽快地顺便接下了合同里没有写的另一件工作。

"结果这就是个大陷阱。工作内容是教堂唱诗班和管弦乐团的训练,就跟我现在差不多辛苦。"

"哎呀,但是,那并不是管风琴师的……"

"是啊,不是管风琴师的任务。不过听说之前的管风琴师都接受了,所以我也没当回事,就接受了。可偏偏那些学生都非常差劲,在做礼拜的过程中又是吵闹,又是扔球,又是吃东西,别说音乐了,就连教养、礼数都不懂。而且,其中有几个年纪比我还大,根本不听我的提醒。不到一年,我实在束手无策了,只好向教会提交了一份意见书,要求他们派些更好的学生过来。但是教堂的牧师们反过来责备我,说原因在于我工作怠慢。这样一来,学生们便更加得意忘形、为所欲为。我生气了,把他们都叫成傻子,彼此之间的憎恨和怨恨堆积,最终演变成了深夜的武斗。"

"什么?!武斗?"

"没错,就是武斗。因为两三天前管弦乐团里吹大管的人吹得实在太差劲,我生气了,当着大家的面说他:'不要吹得像山羊一样咩咩叫！'那个男人记恨在心，就伏击了我。那是一个没有月亮的闷热夜晚，我很晚才离开教堂，正要回家，那个男人带着三个同伙从对面走来。他们确认了是我之后，马上举起手杖打了过来。那家伙平时就随身带着刀子，是个混混。我感受到了危险，便拔出随身佩带的礼仪用剑与他对抗。

"当然，还是我比较厉害，我把他逼到绝境，在他的衣服上戳了个洞。那'山羊'的同伙慌忙把我们拉开了，否则我可能会刺死他。"

——唉！居然还说故事没什么特别的，说什么很常见！塞巴斯蒂安这个人做了多么荒唐的事情啊！

玛格达莱娜第一次听到丈夫的英勇事迹，吓破了胆。

"问题是在那之后——那毕竟是个小地方，第二天这件事就传到教会那里去了，之后我每天都被叫去追究责任。"

"然后呢，后来怎么样了？"

"没怎么样。本来唱诗班和乐团的训练就不是管风琴师的义务，从那以后，我一次也没再给他们训练过。牧师们都气疯了，但不管他们怎么说我都不答应。在那种情况下，怯懦的人就输了。亲爱的，你也要好好记住。"

"啊？哦……"

"我也好好考虑过。因为我不想做错事。但是仔细想想，把合同之外的工作推给我，还批评我的做法的牧师们才是错的。但是他们总是啰啰唆唆的，我的心情越来越不愉快，不想再待在城里了，于是决定休假散散心。很早以前我就一直想去吕贝克，听听有名的布克斯特胡德的晚间音乐。正好有这个机会，我就决定去那里。我的表弟约翰·恩斯特说当我不在的时候他可以代替我工作，教会的人也认同我提交的'跟着布克斯特胡德提高管风琴技艺'的请假事由，给我批了一个月的假期。于是我心情舒畅地走了370公里的路去了吕贝克。"

"哦！以前听你跟孩子们说过，真是走过去的？"

"对，也没什么大不了的。而且，我满脑子想的都是接下来要听到的音乐，10天的路程一眨眼就过去了。到达吕贝克后，我就被布克斯特胡德的音乐深深迷住了。那样美妙的演奏，我以前从来都没听过，玛格达莱娜。所谓五体投地，原来就是那么回事。总之，在阿恩施塔特这种地方一生都听不到的大型管风琴曲和康塔塔，每晚都在圣玛利亚教堂演奏。我泡在教堂里，终于拜了布克斯特胡德为师，如饥似渴地研究他的音乐。他也对我青眼有加，甚至说要我做他的继承人。"

"哎呀！"

"那是一件无上光荣的事情。吕贝克是德国北部的大城市，圣玛利亚教堂的大管风琴一般来说是不允许像我这样的年轻人触碰的。而且那可是大管风琴演奏家布克斯特胡德的继承人啊，那样的幸运也许一生就只有一次。尽管我完全明白这一切的意义，但还是拒绝了他的提议。"

"这又是为什么呢？！"

"唯独有一个大问题，无论如何都无法避免的大问题。要想成为布克斯特胡德的继承人，就必须和他的女儿结婚，这条规定甚至被写进了合同的条款里。看到这条规定，我才回过神来。玛格达莱娜，不管怎么说，他的女儿比我大10岁，已经30岁了，是个很不好相处的人。而且，当时我已经下定决心要和我的堂姐玛丽亚·芭芭拉（Maria Barbara）结婚了。"

"……"

"我心里对布克斯特胡德先生很是过意不去，再三向他道歉，请他打消了让我当继承人的想法。后来我还听人说，亨德尔先生在2年前也接到过同样的提议，也同样逃走了。那个条件，不管是谁都会拒绝吧。就这样，我到了吕贝克之后第一次看了眼日历，才发现不知不觉间已经过去了四个月。我赶紧回到阿恩施塔特，教会的人已经气得冒烟了。但仔细想想，我根本没道理被他们斥责。的确，我请的是一个月的假，不知不觉延长到了四个月，但是那期间我的堂弟出色地完成了任务，对礼拜也没有什么影响。我就这么反驳了牧师们。"

话说到一半，玛格达莱娜插话了："可是，亲爱的……"

她经常被人揶揄说："乐长这人真是油盐不进啊""乐

长那么固执，亏夫人能使唤得动呢"。

每当这种时候，玛格达莱娜总会含糊其词地笑着搪塞过去："不是的，他在家里真的很温柔……"但结婚4年来，她深深地感到，丈夫是那种一旦打定主意就坚决不接受别人意见的人。

——如果20岁时就是这样的话，那只能说塞巴斯蒂安那种顽固的性格是祖先遗传下来的。

玛格达莱娜有些吃惊地盯着丈夫的脸，终于明白了他的性格是怎么来的。

"因为我根本不理会他们，所以教会接下来就开始以阴险的方式报复我了。"巴赫继续说。

"这次，他们把矛头转向了我创作的音乐，一会儿说礼拜前的管风琴演奏太长了；一会儿说我在布道间隙插入了太多听不惯的音乐；一会儿又说伴奏太难了，大家唱赞歌时跟不上。当时我很生气，于是就反驳了他们，但现在回想起来，那件事我也有过错。毕竟，是我把只有在吕贝克这种进步的大都市才受欢迎的音乐，原封不动地搬到了保守的乡下呀。那时的我年轻气盛，一个劲地弹奏《托卡塔与赋格》和《前奏曲与赋格》，到教堂寻求安宁的人们会有意见也是理所当然之事。简单地说，是对新艺术的兴奋和探求心促使我写出了那样激烈的音乐，如果是现在，即使写了我也不会在礼拜时演奏吧。如今我可以把艺术音乐和宗教音乐区分开来，所以不会再惹出这种麻烦。就这样，我实在是在阿恩施塔特待腻了。于是，我又在亲戚们的帮助下找了份工作，这回搬到了米尔豪森。这就是我与教堂的第一次纠纷。"

"啊！还有啊？"

"是啊。很遗憾，在米尔豪森我也没能坚持多久。这次不是唱诗班的问题，而是被卷入了教堂之间的纷争。正统派和虔信派之间的纷争，你也知道的吧？"

"知道，虽然它们都属于路德派，但总在争论谁继承了正统的路德教义。"

"我工作的圣布拉修斯教堂是虔信派的教堂。也就是说，教堂内是禁止大规模演奏音乐的。我已经决心不再惹麻烦了，所以只演奏允许范围内的音乐。但不满总归是不满，我总是想尝试新的音乐，于是应邀去了另一个教堂，也就是正统派的圣玛利亚教堂，演奏了康塔塔和管风琴曲。正统派的教堂是重视音乐的，对我来说，在那里待着很舒服，我和那里的牧师也成了好朋友。话虽如此，我并没有想要转到那个教会工作。我没有任何企图，只是在两个教堂都进行演奏而已，等回过神来却突然发现，自己赫然成了两个教堂宗教之争的靶子。这样一来，我必须明确自己到底站在哪一边。当然，如果加入正统派，就不能继续在其敌对方的虔信派教堂工作了。不，

当时的米尔豪森

20世纪80年代的米尔豪森远景

圣布拉修斯教堂（拍摄于20世纪80年代）

实际上他们并没有说要开除我，只是在那种状态下，还怎么专心做音乐呢？这样想着，我一年后便逃离了米尔豪森，刚巧运气不错碰上魏玛宫廷在招募管风琴师，就去参加了考试，当场被任命为恩斯特公爵的宫廷教堂管风琴师。我18岁的时候曾经在魏玛宫廷工作过三个月，对宫廷和管风琴都很熟悉。本来以为这样就可以安心了，结果在魏玛也被卷入了领主一族的权力之争。但是这个就说来话长了，下次有机会再讲吧。"

"嗯，下次再说吧，亲爱的。我也觉得累了……"

玛格达莱娜光是听丈夫讲年轻时的故事都觉得累坏了，同时也对当时支持巴赫的玛丽亚·芭芭拉产生了由衷的同情和敬意。

"哎呀，你是真的累坏了。想想也是，毕竟一晚上没睡。"

巴赫望着外面已经完全亮了起来的天色，打了个大大的哈欠，然后像是在鼓励妻子和自己一般，用充满活力的声音说道：

"怎么样，刚才我说现在也不能算是特别不好，这下你明白我的意思了吧？没错，现在不能说特别不好。麻烦的上司到处都有，不管从事什么工作，很多时候都要为了自己的立场、为了音乐而争吵。我不会再像年轻时那样和教堂针锋相对了，你可以放心。我要花时间慢慢打磨出满意的歌曲，努力提升教堂音乐。时不时来趟科腾，愉快地享受音乐吧。亲王那么高兴，对我们来说，也是再好不过的休整了。好了，玛格达莱娜，出发啦,出发啦!如果在这里待久了,就不想回到莱比锡了。早点回去干托马斯教堂乐长的工作好了。"

就这样,巴赫和玛格达莱娜带着从亲王那里得到的不菲奖金以及与亲王之间的深厚友谊,和其他歌手一起回到了莱比锡。

此后,巴赫一有机会就访问科腾,以报答利奥波德亲王的厚意。

每年亲王和王妃生日的时候,他一定会带着康塔塔前来祝贺,而且亲王第一个儿子出生的时候,他还亲自作词,赠送了《键盘帕蒂塔(组曲)》。

虽然一个远在科腾,一个远在莱比锡,但利奥波德亲王和巴赫的友情不仅没有中断,反而比以前更加深厚。

在此期间,巴赫家也增加了新的家庭成员。这次是女孩,名为伊丽莎白。因为几乎每年都会有小婴儿降生,所以乐长府邸的摇篮一时半刻都没有空出来过。

"孩子越多越好。亲爱的,巴赫家的夫妇,每一代都是子孙满堂的。"

巴赫对妻子这么说着,体会着大家庭的幸福。10岁那年就成了孤儿的巴赫一直渴望能有个温暖的家庭,他希望自己的家人越多越好,家里越热闹越好。

但是，对于幼小的孩子们来说，出生和死亡总是相生相随。

这个时代，德国分裂成了许多小国，各国之间的势力斗争和小型战争不断，战争之后必然会暴发瘟疫。一个村镇一旦被瘟疫侵袭，就会死很多人。巴赫一家居住的莱比锡市也没能逃离这样的厄运。与肮脏的宿舍仅有一墙之隔的巴赫家，更不可能逃脱疾病的魔爪。

第一次不幸发生在玛格达莱娜的长女——4岁的苏菲身上。1726年，莱比锡一带恶性感冒盛行，巴赫的掌上明珠、一头金发的苏菲年仅4岁就夭折了。

那是玛格达莱娜第一次尝到地狱之苦。而对巴赫来说，这已经是第四次考验了。他的第一任妻子生了7个孩子，其中3个出生不久就夭折了。

"孩子活着还是夭折，都是命。"

巴赫抱着肝肠寸断的妻子，鼓励她为了剩下的孩子坚强地活下去。

然而祸不单行，夫妇俩此后不断在摇篮和坟墓之间往返。苏菲死后第二年出生的男孩，仅在降生两天后就去世了。后一年，3岁的戈特利布失去了生命。玛格达莱娜一共生了13个孩子，其中有7个都是这样丧命的。虽说必须坚强地活下去，但命运实在是太残酷了。

"都是因为来到了莱比锡，都是因为住到了病穴般的学校旁边，对不起，对不起……"

巴赫握着玛格达莱娜的手，伫立在小小的坟墓前，在心中不断向妻子和死去的孩子道歉。

戈特利布去世的那一年，也就是1728年的11月20日，巴赫迎接了从科腾赶来的紧急使者。

"什么?!……你说利奥波德亲王？因为突发疾病，在昨天去世了！"

巴赫看着眼前使者的脸，眼神却在空中徘徊。

——利奥波德亲王，怎么会？不应该是这样的，他和王妃那么和睦，孩子还那么小，上次见面时，他还那么健康……

巴赫受到了巨大的打击，没注意到使者已经回去了，也没注意到妻子苍白着脸呆立在那里。虽然未曾宣之于口，但对巴赫来说，与亲王的友情，已成为他在艰难时日里的重要支柱。而且巴赫内心深处始终相信，自己总有一天能回到科腾。总有一天……等到儿子们顺利从大学毕业的那一天……

第二年，巴赫参加了亲王的葬礼，演奏了符合亲王身份的庄重的葬礼音乐，第二天又指挥了充满悲伤的康塔塔。

这是巴赫最后一次踏足科腾。之后没过多久，亲王倾注无数感情培养出来的宫廷管弦乐团就解散了，科腾也不再有音乐家的身影。

巴赫就这样在心中与科腾道了永别。

——如果那个时候我领会了亲王的心意，回到了科腾的话……现在我就该带着妻子和年幼的孩子们流落街头了吧。

巴赫在为亲王之死哀悼的同时，也怀着复杂的心情感叹着自己的幸运，毕竟四处流落寻找新工作的科腾音乐家中并没有自己。

这个时候，巴赫43岁。

CHAPTER 5 第五章 《马太受难曲》

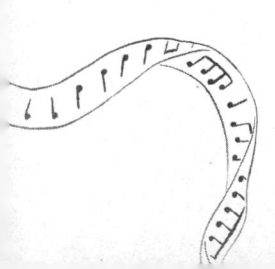

"我，托马斯教堂乐长，向市长、市议会和教会发誓，今后不再创作歌剧风的教堂音乐。"

面对巴赫呕心沥血创作、后来被誉为"人类史上最伟大的教堂音乐"的《马太受难曲》，巴赫的上司们却让他在这样的保证书上签了字。

第二年——1729年3月，大儿子弗里德曼进入了莱比锡大学。他已经是18岁的青年了。

——来莱比锡的时候还是个孩子呢。一转眼6年就过去了啊。

巴赫看着茁壮成长、身穿大学制服站在眼前的儿子，心头不禁一热。来到莱比锡的第六年，他终于实现了来到这里的目的之一。

在这6年里，他的生活就是在不断与学校、市政府和教堂交涉以及提交意见书中度过的。其中，大部分都是与学校方的交涉，包括改善宿舍、补充教师队伍、添置教材和乐器等。毕竟，光是为了买一支羽毛笔，巴赫就得向好几位上司写请示书。

这样的麻烦并没有使巴赫折服，他不知疲倦地督促上司们改善学校内部的环境。此外，他也以同样的毅力坚持创作每周日礼拜的康塔塔，带领不听话的合唱团训练，每周演出新的康塔塔。对于他的努力，上司们无动于衷。巴赫把乐长的一项重要工作——讲授拉丁语的任务交给了别人，而只把精力放在音乐工作上，这让他们十分不满。因此，他们根本没有意识到在圣托马斯教堂演奏的音乐与前一个乐长时期的音乐相比，相差有多么大。

巴赫和上司之间经常因为这样的分歧产生摩擦，而每到这种时候，总免不了长篇大论的意见书和不休的争论，但不管怎么说，表面上还是和平的。

不和平出现在巴赫与大学之间。

巴赫继承了他前任的工作，担任了大学教堂的音乐指导。这也是托马斯教堂乐长的任务之一。

"酬劳对我来说很有吸引力，不过更让我期待的是能认识有音乐才能的学生。如果遇到特别优秀的，也许会请他们来给我帮忙。"

怀着这样的期待，巴赫开始了大学教堂的工作，3年间共创作了11首康塔塔，用以指挥学生们演出。

学生们的合唱团和管弦乐团确实很优秀，巴赫也从中发现了好几个有才华的青年。可是到了要求支付报酬的时候，校方却迟迟给不出钱，最后给到巴赫手上的只有当初承诺的一半。

巴赫脸色大变，于是去找大学抗议。

"为什么要扣我一半的工资呢？是因为不喜欢我的工作方式吗？"

"不，不是那种感性上的问题。"

大学教授们鄙夷地看着为了钱而变脸的巴赫，冷冷地解释道。

"如您所知，前乐长去世后，这个大学教堂的音乐指导工作就由教堂管风琴手格纳暂时担任。此人在大学里工作多年，为人非常谦虚，从来没有为这份工作要过一分钱报酬。"

"那个管风琴手我也认识，不过是个三流音乐家而已。他不是因为谦虚，而是因为害臊才没敢要报酬吧。"

巴赫正在气头上，于是把心中所想一五一十地说了出来。

那个叫格纳的人，是巴赫以前就不怎么放在眼里的平庸音乐家，认为他"还不如去卖鞋呢"。不过，巴赫这时才意识到，那个男人在政治方面的能力似乎比自己高明好几倍……

"虽然您这么说，但在我们的耳朵听来却并不是这么回事，他的音乐和您的不是没有什么两样吗？"

其中一位教授轻描淡写地说了一句让巴赫更加生气的话，然后下了这样的结论。

"大学认可了此人的业绩，其实在您就任之前就把一半的指导权交给了他。因此报酬由您和格纳平分。"

"什么蠢话！这可和合同里的不一样。我要求拥有全部的指导权，也要求得到全部的报酬，不然我的权利……"

"好了好了，巴赫先生，何必那么生气呢？愉快地把一半的工作交给格纳，这样大学的工作您不就只需要做一半就好了吗？除此之外，托马斯教堂乐长还有好些工作呢。"

"问题不在这里吧？这对我来说很重要。这就相当于我的人权被无视了。为什么每一代乐长都要负责的工作，唯独到了我就只能做其中的一半呢？对此我无法接受。而且，你们在我就任之前就擅自决定了，这难道不是欺诈吗？"

不管巴赫怎么生气，大学的教授们都以事情已经板上钉钉为由，完全不理会巴赫的主张。巴赫一遍又一遍地反复争论，但事情始终没能得到解决。因为大学当局从一开始就看不起这位没有接受过大学教育的乐长，即使他们明知道这是种无视人权的行为，而以往历代乐长不管如何犯错都不曾经受过这样的对待。

"玛格达莱娜，这件事看起来好像是我为了一点小钱就大闹一场，"当巴赫意识到再怎么和大学当局争执也不会有任何进展后，一脸痛苦地告诉妻子自己的决定，"虽然酬劳不多，但咱们的家计就是靠这些钱支撑起来的。更何况，这不仅仅是钱的问题。毫不夸张地说，这等于践踏了我的人权，而且用的手段还非常肮脏。我坚决不能容忍这种不正之风。可无论我怎么和校方沟通，似乎也解决不了问题，所以我下定决心，我要亲自写信给萨克森选帝侯，控诉我的困境。"

"啊！你说你要直接向选帝侯殿下控诉？"

"正是如此。虽然为了这种无聊的事情烦扰选帝侯殿下实在抱歉，但只剩下这个方法了。不管用什么手段，我都要守住自己的立场。我今晚就写信给选帝侯。"

巴赫终于下定决心，向除莱比锡外的萨克森地区一带的领主萨克森选帝侯直接提出控诉。

在此，稍微说明一下当时德国的情况和社会结构。毕竟是距今约 300 年前的时代，无论是从地图还是从语言上来说，德意志的含义都与现在完全不同。

当时，也就是 18 世纪，准确地说并不存在德意志这个国家。在德意志帝国的名义下聚集了 300 多个大大小小的国家，不同的国家有不同的法律，实行自治。

更详细地说，这 300 多个国家分为两种，一种是由拥有绝对权力的领主统治的专制国家，另一种是由市民代表掌管的帝国自由城市。从比例上来说，专制国家占绝大多数，特别是由强大的国王和贵族领导的普鲁士王国和萨克森王国，在德意志全境拥有强大的势力。

莱比锡是为数不多的帝国自由城市之一，由市民代表组成的市议会管理着这座约 3 万人口的城市。不过，因为莱比锡城市处在萨克森王国的包围之中，所以城市的和平理应由萨克森王国来维护，法律决定权也由萨克森王国的领主萨克森选帝侯[1]行使。

巴赫决定亲自写信向拥有如此庞大权力的选帝侯控诉自己的困境。由此可见，大学当局的做法让他多么愤怒，多么受伤。

巴赫总共向萨克森选帝侯写了三次信，详细地控诉了大学没有给自己正当报酬，也没有把大学教堂的指导权完全交给自己等情况。第三次寄出的信甚至长达3000字。

大学方面也不甘示弱，向选帝侯提交了与巴赫的论点完全相反的反驳。

选帝侯权衡了双方的说法后，做出了对巴赫不利的判决。也就是，他命令巴赫继续接受权利及报酬的平分。

大学方面因此趾高气扬，不仅向巴赫下达了"未经许可禁止为大学礼拜作曲"的命令，还利用各种手段架空巴赫，最后连一半的报酬都不给他了。

——真没劲。太荒谬了。我可没有时间再跟这些蠢货斗争了。

巴赫知道自己怎么做都没用，于是对大学教堂的工作完全失去了兴趣。从那时起，他把大学里所有的工作都交给了自己的助手，不再把精力浪费在无聊的斗争上。

---

[1] 选帝侯是指有权选举德意志帝国皇帝的诸侯。当时德国共有七位选帝侯。

幸运的是，把巴赫当成傻瓜，用阴险的方法攻击他的，只有头脑顽固、连音乐好坏都判断不了的大学教授们。相反，在巴赫手下演奏过的学生们，都完全倾倒于托马斯教堂乐长的音乐。

"只要在托马斯教堂乐长的指挥下唱过一次，就知道他是多么有才华的人。"

"托马斯教堂乐长的音乐很伟大。能接受他的指导，和他一起创作音乐是最快乐的事。"

"那群教授太愚蠢了，他们不知道把那位乐长赶出大学要承受多大的损失。"

"我们要站在乐长这一边，让教授们知道表演乐长的音乐是多么快乐！"

简单来说，有才华的学生们理所当然地领悟了巴赫的天才之处，折服于他的音乐，成为他热情的赞美者。为了巴赫，他们主动与大学方面争执，即使在巴赫离开大学后，他们也会跑到他指挥的圣托马斯教堂和圣尼古拉教堂参加礼拜，很乐意为演奏帮忙。

这些莱比锡大学的学生成了时运不济的巴赫强有力的伙伴，在演奏上也成了他可靠的助手。

在弗里德曼进入大学的那年春天，一个星期天，大学生们像往常一样来帮助巴赫演奏，在圣托马斯教堂的礼拜结束后，其中一个学生来到巴赫面前说：

"托马斯教堂乐长，其实，我们有个请求。"

这是一位名叫基希巴赫（Kirchbach）的贵族子弟，家境富裕，也是"乐长赞美者小组"的领袖。他曾经不顾大学方面的反对，委托巴赫为重要的礼拜仪式作曲。

"什么请求呢，基希巴赫？只要是你们的愿望，我都愿意实现。"

巴赫一边整理指挥台上的乐谱，一边开心地说。他像爱护自己的儿子一样爱护勤劳又有才能的学生们，从内心深处感谢他们这些年来无偿帮助教堂的工作。托他们的福，巴赫工作起来多么轻松啊。

"谢谢您，乐长。但是，我们的请求似乎会让忙碌的乐长更加忙碌……"

基希巴赫犹豫了一下，直视着巴赫的眼睛说。

"实际上，我们希望乐长能担任我们大学音乐社的指挥，这是全体成员的意见。虽然我们能支付的金额很少，但除此之外，齐默曼先生的店每周还会给我们不少酬劳。金额还没有确定下来，但如果乐长您想知道的话，我们马上去问……"

基希巴赫常年目睹巴赫与大学之间的斗争，因此他深知无论多么微小的工作，这位乐长都会严格要求报酬。于是，他首先提出了会支付报酬，但在这件事上，他其实完全不用担心。

这是因为，大约20年前由学生们自发创立的大学音乐社（意为音乐社团），现在作为技艺高超的年轻演奏家团体，在市民中享有很高的人气。他们每周五晚上会在齐默曼经营的咖啡店举行音乐会，每到这天，喜欢音乐的人们早早就聚集在一起，欣赏学生们的演奏直到深夜。这项工作，给学生们带来的酬劳只是一顿饭而已，指挥家却能从齐默曼那里拿到足够的酬劳，这一点不仅是巴赫，音乐家们都知道。也就说，他被聘请为这个团体的第三任指挥。

"那我真是求之不得啊，基希巴赫。我也不是一年到头都听教堂音乐，要是能和你们一起在咖啡店里愉快地演奏音乐，那没有比这更令人开心的事了。"

巴赫高兴地接受了大学音乐社指挥的工作。

后来这个团体的成员和粉丝都逐渐增加，表演场地也从咖啡店换到了酒店，又从酒店换到布商大厦。1743年，世界上最古老的管弦乐团——布商大厦管弦乐团诞生了。

巴赫为大学音乐社创作了许多世俗康塔塔。

聚集在咖啡店里的莱比锡市民们听到这些音乐都大吃一惊。无论哪一首都是那么欢乐、明快，令人听了不禁大笑，让人难以相信是那个在教堂里板着脸指挥的巴赫创作出来的。

特别是《咖啡康塔塔》，在市民之间大受欢迎。

当时，咖啡在莱比锡风靡一时，年轻姑娘中不断涌现出一批又一批咖啡迷，如果没有咖啡，她们就会日夜难安。巴赫打趣这股风潮，创作了幽默感十足的康塔塔。

"太太，您昨天去齐默曼的店里了吗？"

"没去，真是太遗憾了。不过，《咖啡康塔塔》的事我已经听很多人说过了，听说非常有趣，不听损失巨大。所以，下个星期五，我准备中午过后就去排队！"

"我也是这么想的！那干脆一起吧。"

于是，下一个星期五，狭小的咖啡店里坐满了听众，应大家的返场要求，大学音乐社再次演奏了《咖啡康塔塔》。

小小的舞台上，并排站着三位歌手和九名演奏者。巴赫一边弹着羽管键琴，一边指挥。

三位歌手分别扮演年轻女孩、她的父亲和旁白者，一共唱了 10 首搞笑歌曲，歌词是这样的：

> 旁白者：安静，不要说话，请听我接下来讲的故事。这里有一个年轻女孩和她的父亲。她的父亲像熊一样喋喋不休地骂她。这到底是怎么回事呢？且听我分解。
>
> 父亲：孩子可太愁人了。我的女儿丽思根也完全不听父母的话。我每天都对她说，不要喝咖啡了。

女儿：别唠叨，我一天不喝三次咖啡就难受。啊，咖啡多好喝啊，比一千个吻还甜，比葡萄酒还香醇。咖啡，咖啡，咖啡，我戒不掉咖啡。

父亲：如果你不戒掉咖啡，我就不让你结婚，也不给你买衣服。

女儿：我什么都听您的，就让我喝咖啡吧。

父亲：如果你愿意永远也找不到丈夫的话。

女儿：我知道了，爸爸。如果有丈夫的话，我马上就把咖啡给戒了。快走吧，今天内就找个丈夫来。

旁白者：在这段时间里，女儿在街上到处跑，宣称说如果不给她喝咖啡，就不能做她的丈夫。这样一来，不管嫁给什么样的男人，女儿都能喝到咖啡。

三个人：女儿总是咖啡党。妈妈也爱咖啡，奶奶也喝咖啡。谁会责怪女儿呢？咖啡，咖啡，咖啡，戒不掉的咖啡。

"乐长夫人，我真是吓了一跳，我们做梦也没想到乐长能写出那么有趣的音乐来。说起托马斯教堂乐长，我想到的总是教堂音乐。"自从《咖啡康塔塔》演出以来，玛格达莱娜在街上遇到了城市里的好几个官员，他们都瞪大了眼睛这样对她说。每次玛格达莱娜都心想"干得好！"，很得意地跟人家解释。

"您说这个啊，我丈夫在家的时候，那才真是什么歌都写呢。不管是流行歌还是时髦小曲，甚至还有不适合让孩子们唱的歌。可是，小孩子总是学得特别快，在家里到处跑着唱，直至我丈夫最后不得不揪着耳朵让他们别唱了。哈哈哈哈……想起我丈夫那个为难的样子！"

听了玛格达莱娜的话，这些人心里对巴赫的印象更被颠覆了，最后总是疑惑地歪着头告别的。

就这样，在巴赫的指导下，大学音乐社提高了自身技能，同时也改变了当地人对巴赫的印象。另外，巴赫的大儿子和二儿子也加入了这个团体，见过他俩的人都知道，托马斯教堂乐长的儿子们都是不亚于其父亲的一流音乐家。

在这些年轻人的支持下，巴赫获得了勇气，开始完成他一生中为之付出最大心血的大型乐曲。

那是圣托马斯教堂特别礼拜用的音乐，名为《马太受难曲》。大约从3年前开始，巴赫一有空就在慢慢创作这首大型乐曲。

受难曲是指以耶稣受难的故事为题材创作的音乐。歌词直接使用《圣经》中福音书（讲述基督的教训）的内容。福音书共有四个版本，以讲述和传播福音的圣人的名字命名，分别为《马太福音》《马可福音》《路加福音》《约翰福音》。

福音书中的第 26 章和第 27 章讲述了从耶稣被十二使徒之一犹大背叛到被钉死在十字架上的经过，据此创作的音乐被称为"受难曲"。

因此，《马太受难曲》就是根据《马太福音》第 26、27 章内容创作的音乐。

巴赫为完成《马太受难曲》倾注了大量心血。

平时，在欢呼雀跃的孩子们中间，他也能以飞快的速度作曲，唯独在创作这首大型乐曲时，他是一个人躲在工作室里进行的。

这时，巴赫的灵魂是献给上天的。

他的心重新追寻着从孩提时代开始就熟记于心的《圣经》中的每一句，暂时闭上眼睛，探求与每句话相称的音乐。当音乐在心中浮现时，手中的羽毛笔就以飞一般的速度书写起来。

平时气色很好的巴赫，这种时候总是脸色灰白，感动的泪水不时从脸颊上滑落。

只要看过那个身影，人们就能感受到巴赫战战兢兢的敬畏之心。

《马太受难曲》于 1729 年 4 月 15 日耶稣受难日下午 1 点

在圣托马斯教堂演奏。每年复活节[1]前的耶稣受难日都是演奏受难曲的日子。

以下午1点教堂的钟声为信号,莱比锡的市民们三五成群地聚集到圣托马斯教堂。

进入教堂的人们在看到廊台上比平时多一倍以上的合唱团和管弦乐团时,吓了一跳。

"竟然有两个管弦乐团和合唱团。"

"托马斯教堂乐长这是搞了个大阵仗啊!"

"站在前面的独唱,大概是出演耶稣、犹大、彼得和旁白角色的吧。"

"一,二,三,四……真让人吃惊,总共有不下70个人呢。"

"你看,里面还有大学生和乐长的儿子们。这样大阵仗的演出应该还是教堂有史以来的第一次。"

"喔,确实如此。如果我没记错的话,5年前的耶稣受难日,巴赫先生也演奏过受难曲。"

"那时候是《约翰受难曲》,人数没有这么多,既没有分成两组,廊台上也没有这么挤。"

---

[1] 复活节,基督教的重要节日。因为会选在春分(3月21日)后的第一次满月后的第一个星期日来庆祝,所以每年的日期都不同。其在基督教国家是重要性仅次于圣诞节的节日。

"托马斯教堂乐长又打算做什么呢?"

"他打算干什么?他那个人可真不让人放心。我们可得好好观察。"

市政府的官员们坐在圣坛附近的特别座位上,一边回头看着廊台,一边窃窃私语。

《马太受难曲》是从信徒们的合唱开始的,他们哭着围绕在背着沉重十字架行走的耶稣身边。听着这太过悲伤沉重的声音,听众们瞬间觉得自己也加入了这场游行,浑身颤抖起来。许多妇女慌忙在胸前画了十字。

接着,讲述者唱了《马太福音》第二十六章开头的一节,随后基督告诉信徒们:

你们知道,过两天是逾越节,人子将要被交给人,钉在十字架上。

信徒们异口同声地说:

亲爱的耶稣,你如何冒犯了,会得到这样残酷的宣判?你的罪过是什么?你承担的罪行是什么?

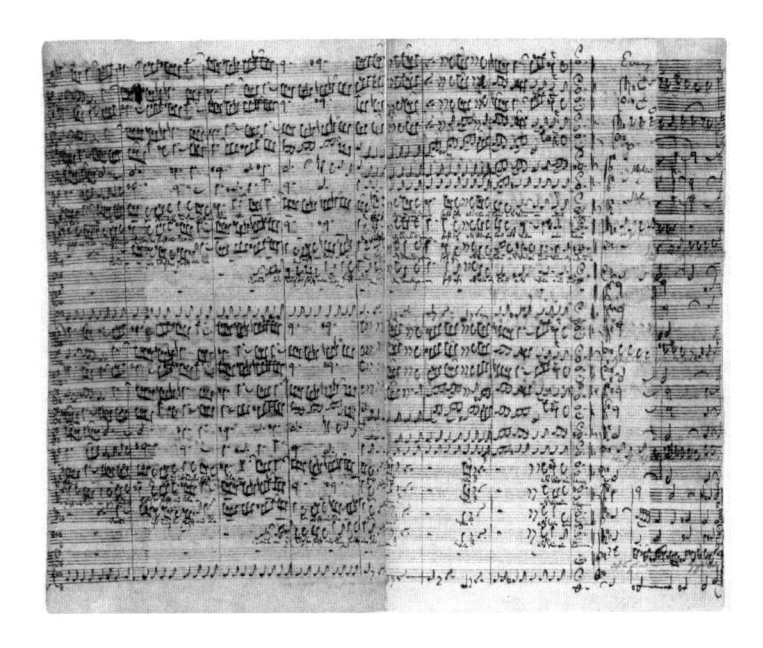

《马太受难曲》乐谱手稿

《马太受难曲》就这样在讲述者、合唱、扮演耶稣和十二使徒的独唱者以及管弦乐团的表演下，以沉重而戏剧性的方式演绎了受难的故事。

仅仅为了30枚银币就把耶稣出卖给迫害者的犹大。

最后的晚餐，给十二使徒中的每一个人递上面包和葡萄酒的基督。

发誓即使死也不会抛弃基督的彼得。

被迫害者们抓住、捆绑的基督。

还有法律学者和长老们对基督的审判。

死刑的判决……

所有人都对《圣经》中的那个故事十分清楚。但当伴上巴赫写的音乐时，那个故事竟变得如此激动人心，如此逼真！

耶稣痛苦挣扎的样子，让听众不禁颤抖；当信徒们的合唱仿佛在如泣如诉地歌唱他的悲惨命运时，很多听众也不禁抽泣起来。

这番景象也感染了表演者们。

当担任讲述者的男高音歌手唱到曾发誓"死也不会离开您身边"的彼得哭着后悔丢下基督逃走的段落时，真的因为流泪而歌声哽咽。

其他的歌手也同样边哭边唱。

但是，到了这个时候，听众中却传来了责难的窃窃私语。

"这音乐是不是太激烈了?"

"是啊,听得人很不安,从刚才开始就无法平静。"

"这样的音乐,在教堂演奏合适吗?"

刚开始被震撼的听众,还是第一次在教堂里听到这种戏剧性的音乐,内心慌乱不安的同时,开始指责巴赫让他们的心情发生这样的变化。

特别是上了年纪的妇女们,有的焦急地环顾四周,有的耸肩,有的摇头。这样的骚动很快传到了市政府的官员们那里,他们也皱着眉头窃窃私语。

然而,这种不安的气氛没有传到表演者们那里。《马太受难曲》终于迎来了高潮。终于到了耶稣在各各他山被钉上十字架的场面,一瞬间的寂静之后,女低音歌手用悲痛的声音唱道:

啊,各各他,不幸的各各他!
光荣的你,竟然在这里受辱而死!

这时,一个中年妇人竟突然站了起来,浑身颤抖着,将双手伸向天空,大叫道:"天啊,救救我吧!这简直是歌剧啊!"

这句话让现场的嘈杂声一下子高涨起来,合唱团的少年们惊慌失措。

但是，指挥巴赫却什么也没有听到。巴赫正热切地祈祷着，激烈地痛苦着。《马太受难曲》之所以如此激烈雄壮，是因为巴赫对耶稣的痛苦感同身受。而且，忍耐苦难的基督和巴赫的形象是多么相似啊！

《马太受难曲》结束的时候已是傍晚5点半。虽然中间穿插了一个小时的布道，但作为礼拜时的音乐，这段音乐的长度实属罕见。实际上，仅《马太受难曲》的演奏就花了三个小时以上。

走出教堂的人们因疲惫或兴奋而高声交谈着。市政府官员和牧师们被上了年纪的妇女们团团围住，听了很长时间的抱怨。圣托马斯教堂内的人流渐渐散去时，已是演奏结束30分钟后了。

"托马斯教堂乐长。"

当巴赫最后走出教堂时，基希巴赫从等待他的一群大学生中走了出来。

"这种感动无法言喻。我们只能由衷地感谢能触碰到一位伟人的崇高灵魂。"

基希巴赫感动得泪流满面，这样说道。巴赫向他无言地点了点头。然后，他罕见地垂头丧气地拖着脚步，回到了乐长的宅邸。

巴赫已经倾尽全力,现在只想安静地休息。

第二天,巴赫被市议会和教会传唤,他们齐刷刷地坐成一排,要求他在一张纸上签名。

那张纸上写着"誓约书",内容是这样的:

"我,托马斯教堂乐长,向市长、市议会和教会发誓,今后不再创作歌剧风的教堂音乐。"

巴赫默默地在上面签了字。他早料到事情会变成这样。但是,签名并不意味着承认自己的错误。无论被怎样责备,被怎样强迫许诺,巴赫今后也只打算写自己想写的音乐。不管听众怎么看,巴赫都不理睬。什么是歌剧风,什么不是歌剧风,就让对方自己来做决定吧。保守的人只要听到稍微激烈点的音乐,就会表示不满;反过来,进步的人则会对安静的音乐感到无聊。即使是同一时代、同一国家的人,追求的音乐也会截然不同,这一点巴赫从年轻时就已经体验过了。更不用说时代不同、国家不同……

——我只听从我内心的命令创作音乐。除此之外,别无他法。

巴赫背对着还在抱怨的上司们,走出了市政厅大楼。

他的背影充满了愤怒和悲伤。巴赫虽然完全没有期待,但多达二十几人的上司中竟没有一个人对他说感谢或慰劳的话语,这点让他颇为受伤。对于这首伟大的《马太受难曲》的创作和演奏,上司们给他的回报是恶意和无视。在巴赫看来,这是一种无法言说、无法驱散的根深蒂固的恶意。

CHAPTER 6 第六章
致埃尔德曼的信

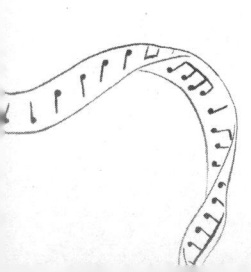

"尊敬的阁下：……如果阁下知道贵地有适合我这个忠实的旧友的职位，诚请您施恩为我推荐一番。"

对莱比锡的情况感到绝望的巴赫给已经出人头地的老朋友埃尔德曼写了一封求助信。

《马太受难曲》首演一个月后的 5 月中旬，托马斯学校迎来了新生。

巴赫对他们进行了选拔合唱团成员的考试。这是为了补上因学生毕业而空出来的歌手位置。

——这孩子声音很好，但五音不全，所以不录取。

——这孩子会看乐谱，还会拉小提琴，最合适不过了。

——这孩子变声了，态度也不好，绝对不能录取。

巴赫对每个人的素质都进行了细致的考察，制作成表格。市议会参考这张表，决定合唱团成员。托马斯合唱团的 54 名团员中暂缺的 10 名将通过这次考试来决定，巴赫拼命地想招到好一点的学生。

"校长先生，我想招录为合唱团成员的是这些人，您同意吗？"

巴赫把自己的评选结果给考试期间去划船的校长看，请求他同意。因为向市议会提交的文件需要校长签字。

"啊，这样就行，这样就行。"

埃内斯蒂校长一脸困意，不耐烦地签了字，巴赫马上把文件拿到了市议会。

然而，当看到市议会反馈回来的决定时，巴赫大吃一惊。

"埃内斯蒂校长！你看这个录取决定！这到底是怎么回事？我特意标注不要录用的学生有4个都在上面！相反，只有5个我认定为合适的学生被录取了！还有，剩下的录取者里有一个人，他的脸我都没见过，他更没有进行过考试！校长，这样的决定我不能服从。还请校长一定跟市议会说一声，让市议会再研究一下我的意见吧！上次校长不是同意我的意见了吗？"

巴赫满脸青筋地向老校长追问。在这种情况下，巴赫宁愿强行拉拢这个不靠谱的人，也必须改变市里的决定。

——如此重要的决定，如此重要的决定，竟然无视我的意见！

面对怒气冲冲的巴赫，校长软弱地低下头，避开他的视线，一边摆弄着没什么用的文件，一边含含糊糊地回答：

"巴赫，虽然你这么说，但实际上我的权力是很小的。我之所以同意你的意见，是因为你是乐长……那个，因为我以为市政府的官员肯定也会尊重你的意见。既然不是这样，那就由你……你去直接和市议会交涉吧……"

——啊，江山易改，本性难移。指望校长是个错误。

巴赫盯着畏畏缩缩、一个劲儿逃避纷争的校长，不知该愤怒还是怜悯。不过，这位校长想避免纷争也不无道理。这个人已经 77 岁过半，现在只想着和平地度过晚年。

——谁都靠不住，可以依靠的只有自己。看着吧，我绝对不会输的，我不会输给这种幼稚的、显而易见的找碴儿。战斗才刚刚开始。论韧劲儿，我不输给任何人。无论如何也要争取优秀的歌手，提高教堂音乐的水平。

面对市政府官员们的故意找碴儿，巴赫下了战斗到底的决心。

提升教堂音乐水平这个主要目的自不必说，对这种别扭的关系，他已经下定决心了。自从就任乐长以来，巴赫一直努力忍耐着无法言说的敌意、无从解释的恶意、上司们的不配合，现在终于忍无可忍。

但是巴赫并没有立即向市议会发难。

在那之后的一年里，他默默地处理学校、教堂和市里的工作，也没有训斥上司们塞来的无能学生，而是以一种令人害怕的平静状态完成了所有工作。

在这段时间里，巴赫一边仔细观察对方的态度，一边逐一记下对方的过错，然后向市政府写了一份长长的备忘录，题目是《一份关于教堂音乐的简单而紧急的备忘录，以及关于教堂音乐衰退的少许公正的想法》。巴赫以他特有的严格，将他多年来的不满一一写了出来。

1730年8月23日，他向莱比锡市议会提交了这份既不"简单"也绝非"少许"的备忘录，内容大致如下。

为了演奏完美的教堂音乐，需要与之相配的歌手和管弦乐队（此处详细地附上了理想人数与现实的差距）。为了弥补这种不足，实现稍微令人满意的教堂音乐演奏，需要：

不让既没有音乐才能也对音乐不感兴趣的少年入团。

增加团员的数量，以便即使歌手生病了，也能马上填补那个空缺。

即使是被允许入团的学生，也并非马上就能使用。而且，他们经过数年教育，有了一定的音乐水平后，就要离开学校，取而代之的是完全没有才能的学生，因此音乐质量下降、衰退是显而易见的。

另外，就器乐演奏者而言，现在受雇的人——乡村乐师及其学徒们——所受的教育完全不够，演奏者数量也不足。为了弥补这一点，我经常不得不向大学生们寻求帮助，但市政府仗着他们的乐于助人，竟没有支付任何酬金以示感谢。

有谁愿意免费劳动和无私奉献呢？然而，我自己和合唱团的成员，就连应该得到的补助都被剥夺了。在这种状态下，大家不得不担心当天的伙食，根本没有工夫考虑磨炼自己的技能。

音乐家如果得不到人们的尊敬，无法摆脱物质方面的顾虑，就不能让大家听到优秀的演奏。

如果想通过实例理解以上内容，只需了解德累斯顿（萨克森国的首都，选帝侯居住的大城市）的音乐家得到了多高的报酬就可以了。在那片土地上，音乐家完全从生活的忧虑中解放出来，因此，他们的音乐散发出了超凡的魅力。

请尽快讨论上述事宜。在这种状态下，今后是否也能演奏音乐，请给予答复。

最后，附上现在的寄宿生名单，说明他们的音乐能力，这是我的义务。

合唱团现有团员54人。其中，可以使用者，17人；至今无法使用者，20人；令人绝望者，17人。

音乐指导

约翰·塞巴斯蒂安·巴赫

1730年8月23日

当然，巴赫实际写下的这份备忘录的措辞要更郑重一些，但里面没有一句对上司们表示尊敬或宣誓效忠的话，相反，说的都是直击他们要害的严厉言辞。

"哼，托马斯学校的乐长真是想说什么就说什么。"

市议会的一名官员气愤地把备忘录扔到一边。

"岂有此理！多么无礼的措辞！"

"哼，不像话！真是不像话！"

市里的官员们纷纷责难巴赫，但并没有人能有理有据地说清他究竟哪里不像话了。

这也是理所当然的。因为备忘录的内容都是事实，没有一条可以反驳，直指这群平时只会找巴赫的不痛快、什么正经事也不干的人的痛处。如果非要说出他们生气的理由，大概就是这个了。

"之前的乐长们因为客气而没说出来的话，他竟然毫无顾忌地说出来，真是不像话！"

"只要是聪明的人，就懂得应该私底下偷偷请求，他竟然光明正大写成文件说出来，真是不像话！"

这时，一位官员想出了对付巴赫的绝好理由，如释重负地说："说起来，那个乐长刚上任时我就不满意。把拉丁语的课交给别人来教，本来就够荒谬的了！单从这一点来看，他就不适合当乐长。"

对此，会议室里的人都表示赞同。

有人说："托马斯教堂的乐长光会抱怨，什么活也不干。"

有人略带轻蔑地说："而且，在钱的问题上，他斤斤计较得令人吃惊。"

还有人趁机发泄素来积压的对他的不满："顽固得不得了，根本对付不了。"

这时，在场的官员们没有一个人想起巴赫平时的工作，也没有人提起他在教堂音乐方面的功绩。

大家一致认为巴赫是个"刺头"（不好对付的人）。不仅如此，最后还决定降低他的工资。

巴赫毫不客气的备忘录，最终激起了市里的官员们的敌意。不用说，他在这份备忘录上提出的请求，没有一条被讨论过。

在这里，我们有必要暂且从故事中抽离出来，思考一下巴赫为什么会如此受上司们憎恶。

的确，巴赫顽固而强势，当他站在自己这一边时是最可靠的人，但一旦变成敌人——就像他的上司们感叹的那样，确实是个棘手的人。而且巴赫一言一行始终贯彻着正义、勤勉、诚实的原则，在对方看来，连抱怨的机会都没有，这更让人焦躁不安。之所以总是出现这样的结果，也是因为巴赫缺乏适当的政治能力。偶尔讨价还价，偶尔也睁一只眼闭一只眼……

像乐长这样立场复杂的人，这样的做法是绝对必要的，但这正是以光明正大为信条的巴赫无论如何也无法使出的伎俩。

但是，在这种情况下之所以产生纷争，最大的原因并不是性格上的问题，而是围绕着更现实的问题而产生的分歧，也就是说，从巴赫就任乐长开始，双方对乐长一职的认识就有差异。

正如前面几次提到过的那样，乐长的工作有教师和音乐家两个方面，市里的官员们只重视教师的工作，而巴赫当然只重视音乐家的工作。双方的争执总是围绕这个意见分歧而产生。一方面，作为教师，并不需要什么音乐天才，因此，无论巴赫写出多么优秀的作品，演奏多么出色，在市议会看来，都不是什么值得称赞的事情。另一方面，巴赫身为教师的缺点和疏漏，也会引起他们的敏感反抗。

因此，巴赫为提高教堂音乐水平而写的备忘录，不仅被市议会当作耳边风，还让对他充满偏见和憎恨的上司们对他处以减薪处分。

"我终于把所有上司都变成敌人了，这就是所谓的四面楚歌吧。"

巴赫听到自己想都没想过的市议会要对他进行减薪处分的决定后，受到了沉重的打击，再无心工作，回到家就抱头坐了下来。

"为什么呢？为什么呢？玛格达莱娜。为什么人们对我说的每一句话都充满恶意呢？难道是我做了什么坏事吗？我一直只想着让音乐变得更好，尽了最大的努力……"

"这个城市的人脑子都有病！"

玛格达莱娜以令人惊讶的激烈语气说出了愤怒。

"普通的人没有理解天才的能力。因为你的音乐太棒了，而这个城市里只有愚蠢的灵魂，大家赶不上你。不要理会那些无知的人了。你不必因为那些人做的事而备受伤害！"

巴赫呆呆地望着勃然大怒的妻子的肚子。肚子里的已经是第八个孩子了。他需要考虑的事情太多了。

——第八个吗？玛格达莱娜已经29岁了。我也不知不觉就45岁了。都这把年纪了，前途还是一片灰暗，这算什么事呢？留在这里真的好吗？为了我，为了已经失去四个孩子的玛格达莱娜……我必须考虑。现在，必须考虑了。曾经我决定，为了儿子们，无论发生什么事都要留在莱比锡，可是也不至于为了留在这里而忍受如此不公正的待遇。或许现在离开这片土地，去别的地方寻找幸福比较好。趁着年纪还没太大。趁着还能重来。

巴赫在那之后思考了一个多月。他考虑了所有可能的情况，思考着是留在莱比锡好，还是搬到别的地方好。最终他得出了这样的结论：继续留在莱比锡是令人绝望的。

从那天起，巴赫就开始考虑找新工作的方法。但是，这件事不能让上司们知道。巴赫虽然饱受虐待，但他并没有被革除乐长的职位，只要忍受不公正的待遇，他可以一直担任这个职位到死。而且即使再不舒服，巴赫也不想搬到条件不如现在的地方。

45岁的巴赫像葡萄串一样，身上挂着大大小小的家人，出于一家之长的责任感，他不得不非常慎重。

受到减薪处分一个多月后的10月28日，巴赫秘密地给一个人写了一封信。那是一封求职信。

——埃尔德曼殿下……这4年来一直没有书信往来，不知道埃尔德曼殿下还记得我吗？那位先生出人头地，当上了大使，而我还是个穷音乐家……

巴赫拿着笔，脑海中清晰地浮现出旧友埃尔德曼的面容。比巴赫大3岁的埃尔德曼是前者在奥尔德鲁夫拉丁语学校的同学，他和巴赫一起作为免费生进入吕讷堡的米歇尔学校，最重要的是，他们一起从奥尔德鲁夫走到吕讷堡，走了300公里的路程，拥有难以忘怀的共同回忆。

埃尔德曼如今已成为俄罗斯大使，常驻在一个叫但泽的城市。巴赫给埃尔德曼写了一封信，向他诉说自己现在的困境，并请求他帮忙寻找新的工作。

尊敬的阁下：

请原谅我这个忠实的老友写这封信给阁下添麻烦。

阁下曾对我的去信给予了热情的回复，至今已经快4年了。当时，阁下要我向您告知自己的情况，很惭愧，我回想起您的请求，在此郑重地向您报告。

巴赫给埃尔德曼的信写得非常郑重，这是他提交给市政府的备忘录无法比拟的。

我从少年时代直到搬到科腾为止的情况，正如阁下所了解的那样。另外，从科腾前往莱比锡的经过，我记得我也向您报告过。我在上帝的指引下，至今仍在这里工作。

然而，我发现这个职位的经济条件并不像以前传闻的那样好，我失去了许多临时收入，当地物价又很高，而且当局者的态度难以理解，也不重视音乐，所以我几乎只能生活在不愉快、嫉妒和迫害之中。因此，我不得不借助神的力量，希望到别的地方去寻求我的幸运。

如果阁下知道贵地有适合我这个忠实旧友的职位，诚请您施恩为我推荐一番。为了不辜负阁下的恩惠，我一定会竭尽全力。

现在我的职位大约有700塔勒收入，葬礼比平时多的时候，相应的临时收入也会增加，但一旦刮起"注重健康之风"，收入就会减少，就像去年那样，相比于平时，通过葬礼获得的收入减少了100多塔勒。在图林根只要400塔勒就能过上比这里好一倍的生活。因为本地的生活费非常高。

那么，关于我的家庭状况，也不得不说明一二。

我第一次婚姻有三个儿子和一个女儿，第二次婚姻有一个儿子和两个女儿。大儿子是莱比锡大学的学生，另外两个儿子分别在托马斯学校的最高年级和下一年级学习，大女儿还没有结婚。第二次结婚所生的孩子都还年幼，最大的儿子才6岁。但是，孩子们都是天生的音乐家，已经能在家里进行声乐和器乐的合奏了。而现在的妻子，能唱优美的女高音，大女儿也唱得很好。

如果再继续叨扰您的清听，就超过礼仪的限度了，所以我在此怀着一生不变的敬意搁笔。

阁下的忠实旧友

约翰·塞巴斯蒂安·巴赫

于莱比锡

1730 年 10 月 28 日

这封信没有收到回音。

巴赫翘首以盼埃尔德曼的回信,可是过了两个月、三个月,新年过去了,他这位可靠的老朋友还是没有任何回音。

——埃尔德曼阁下也有他的难处吧。也许他忙得连照顾别人的时间都没有,也许当地没有适合我的工作,也可能是正在通过人脉帮我找工作,所以才过了很长时间也没能回信。但是,终究还是不能指望别人。

巴赫沮丧地再次将目光投向莱比锡。理由暂且不论,既然埃尔德曼没有回信,他只能留在敌意和阴谋波谲云诡的莱比锡。

——既然决定了,就得想点别的办法了。

巴赫再次以不屈的斗志,坚定了在这座城市继续战斗的决心。

——既然已经决定了,一定要想办法让我在这片土地上的地位变得更有利。既然上司们惧上欺下,那我就必须拥有不容他们分说的权力。也就是说,我还是得……

巴赫再次仔细思考后，得出了他认为最有效的答案。

——得到萨克森选帝侯的"宫廷作曲家"称号，再没有比这更有利的了。有了选帝侯的钦点，上司们就再也不能随便给我找碴儿了。

一想到这里，巴赫就开始创作献给选帝侯的康塔塔。自从5年前与大学方面发生纷争以来，他还是第一次指望选帝侯的力量，当时是仰仗选帝侯为权利斗争进行决断，这次则纯粹是出于个人的愿望，希望选帝侯能为自己作曲家的身份正名。巴赫对未来希望满满，认为总有一天会实现。

而且在选帝侯居住的德累斯顿，自从巴赫13年前与法国管风琴演奏家路易·马尔尚（Louis Marchand）同台竞技以来，他就成为人们称赞的对象。此后，他每次访问德累斯顿都会进行精彩的管风琴演奏。来到莱比锡后，在选帝侯的生日和侯妃的葬礼时，他都写了庄严的康塔塔，并亲自指挥。对于这些举动，选帝侯的印象应该是很好的。

巴赫把写好的康塔塔附上宣誓效忠的信，送到了德累斯顿。

——只要这样一直表忠诚，选帝侯一定会很快授予我"宫廷作曲家"的称号。不对，在授予称号之前，我会一直坚持努力下去。这样的事情不能着急。只要一有机会就献上康塔塔，一有机会就去德累斯顿，在宫廷里演奏。等到终于有眉目的时候，再写一份希望成为宫廷作曲家的请愿书。要忍耐到那天为止。只要得到了"宫廷作曲家"的头衔，上司们就不敢出手了。总有一天会实现的。总有一天，我一定要让这件事实现！

巴赫默默地忍受着现状，等待着黎明的到来。

保护自己的音乐，保护自己的家人，为了这些重要的目的，巴赫开启了一场前所未有的政治运动，向当权者强力推销自己。

然而，就在这期间，事态正在迎来意想不到的好转。

从巴赫给埃尔德曼写信的时候开始。不，准确地说，是从大约一年前托马斯学校 78 岁的老校长埃内斯蒂去世时开始……

巴赫对老校长的死深感悲痛，为这位自始至终无所作为的老校长写了一首出色的康塔塔，并在他下葬时亲自指挥。

CHAPTER 7

第七章 盖斯纳到来

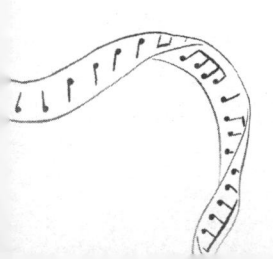

老校长去世一年后，被选为新校长的是巴赫在魏玛宫廷工作时的好友、著名学者盖斯纳。

盖斯纳完全了解巴赫的才能，他的一句话让状况马上好转起来。

巴赫放松下来，度过了和平而充实的四年。

第七章 盖斯纳到来

　　老校长去世后的一年多时间里，托马斯学校的校长位置一直空着。因为市议会在选拔下任校长时，一如既往地认为这也不行，那也不行，花了不少时间。

　　这段时间工作的压力都压在了留下来的老师身上。巴赫和另外两位教师被分到一份不合理的工作，负责从早上4点到晚上8点的校内巡逻。结果，以往每隔四周巡查一次的巴赫不得不变成每隔三周巡查一次。对于这个命令，巴赫也默默服从了。但是，到了支付酬劳的阶段，另两位教师都得到了不菲的薪水，只有巴赫被无视了，一分钱也没拿到。

　　——行吧行吧，你们想怎么无视就怎么无视好了。不过，到我成为宫廷作曲家的那一天，你们可别急着叫唤。

　　巴赫已经不再嚷嚷"给我薪水"，而是无视市议会，绞尽脑汁向选帝侯推销自己。

　　对于市议会大张旗鼓、反复审查的新校长选拔，他当然没有任何兴趣。

　　谁当校长跟我有关系吗？往好里说也就是个无能的人，往坏里说就是市议会的走狗罢了。

　　巴赫轻蔑地这么想。

一天，官员们的代表来到学校，把老师们召集起来，做了一场郑重其事的报告。

"很长一段时间以来让大家辛苦了，最终我们决定由那位著名的古典学者盖斯纳担任新校长！怎么样？就是那位盖斯纳先生！"

"您说的盖斯纳先生……"巴赫抱着万分之一的期待问道，"莫非是约翰·马蒂亚斯·盖斯纳（Johann Matthias Gesner）先生？"

"那还用说吗？还有别的有名的古典学者盖斯纳先生吗？"

官员代表这么斩钉截铁地回答巴赫后，又自豪地对其他老师说。

"这下大家知道我们在新校长的选拔上花了多少心思了吧？如果不小心选了一个不合适的人，后面就麻烦了。在这一点上，那位高贵出众的盖斯纳大人，无论是学历还是人格都无可置疑。聘请了这样的人当校长，托马斯学校的名声也会更上一层楼吧！"

"您说得对。"

巴赫跟着其他老师一脸严肃地点着头，内心却高兴得几乎要跳起来。

——多么偶然！多么巧合啊！那位盖斯纳先生居然当上

了校长！好啊好啊，这个世界也还没有完全失去希望。好了，你们等着看吧！这下万事大吉了！太阳终于升起来了！

巴赫看着官员代表大模大样离开的背影，高兴得想对他吐舌头。

新任校长约翰·马蒂亚斯·盖斯纳是巴赫在魏玛时期的挚友。

巴赫从23岁到32岁的9年间，在魏玛的领主威廉·恩斯特公爵的宫廷里工作。最初的6年是宫廷礼拜堂的管风琴手，后来受到提拔，担任了宫廷乐团的乐师长（乐团指挥）。

这9年间，巴赫度过了与在科腾时不同的充实时光。

他的雇主恩斯特公爵比巴赫更节制、虔诚，宫廷中没有任何奢侈和不必要的娱乐。而且，他认为礼拜堂的音乐很重要，他尊重巴赫，从来不吝于配合巴赫，让他随心所欲地工作。因此，巴赫得以每天都在被称为"通往天城之路"的公爵的宫廷礼拜堂里，面对着他最喜爱的乐器——管风琴，创作出一首又一首管风琴曲。在魏玛的9年间，巴赫竟然写出了多达120首管风琴曲。

公爵还舍得在文化和福利事业上花钱。他聚集了来自德国各地的优秀学者和艺术家，以极大的热情将魏玛建设成文化都市。

约翰·马蒂亚斯·盖斯纳

第七章 盖斯纳到来

当时的魏玛（左上为恩斯特公爵）

盖斯纳也是被公爵邀请来到魏玛的学者之一,当时他担任魏玛高等学校的教导主任。盖斯纳比巴赫小6岁,但他有着深厚的教养,为人沉稳,很快就得到了巴赫的信任。当时巴赫已经与玛丽亚·芭芭拉结成了第一个家庭,他们家与这位年轻的古典学者相交甚密。

"嗯,巴赫先生一定也很辛苦吧。这里的官员们的想法确实有问题。我也是来到这里才第一次了解到校内的情况,这里过于混乱的秩序让我很吃惊。要纠正这种现象并非易事,但必须尽快采取措施。校舍必须扩建,教师的数量也必须增加。最重要的是,托马斯教堂乐长,我们必须给你正当的权威和报酬。你这么伟大的音乐家来当乐长,这里的人居然那样对待你!不行不行,我在这里生气也没有用。我必须亲自去找那些家伙,让他们睁开眼睛!"

盖斯纳在校长室听完巴赫克制的报告后,以平静却坚定的语气说道。

——啊,听到这些话,感觉这7年来的疲劳已经一扫而光了。

巴赫听了成为自己上司的好友的话,不禁心中一热。

新校长用几分钟一脸严肃地把巴赫的报告写进了文件里,写完后松了口气,放下笔,走到巴赫面前,紧紧握住了他的双手。

巴赫看到了挚友盖斯纳温暖的笑容，与魏玛时代没有两样。

"话说回来，能再见到你真是太高兴了。我们多少年没见了？十二三年没见了吧？你看，我也快 40 了，也开始长白发了。但是，您当时就那么才华横溢，如今经过磨炼，肯定已经是很棒的音乐家了吧。我曾多次从到访莱比锡的人们口中听到赞美您所写的康塔塔和您的管风琴演奏的话语。巴赫先生的名字和音乐在德国各地越来越有名了！我既然再次来到您身边，也很想听听您的精彩演奏，请您有空的时候，再像以前那样让我听听管风琴，好吗？老实说，我是抱着这个期待来到这里的。"

"哦，盖斯纳先生，如果您有这样的愿望，那我现在就去教堂为您演奏吧！"

盖斯纳的赞美，巴赫实在是久违了，这让他高兴无比。仔细想想，他在魏玛的时候，以及之后在科腾的时候，都是日夜被这样的溢美之词包围的。

那一天，巴赫和盖斯纳校长一直待在圣托马斯教堂里直到深夜。巴赫坐在管风琴前面，盖斯纳校长坐在礼拜堂中间。

自从傍晚出了校长室来到这里，两人就一直没有离开过教堂。

其间的好几个小时，巴赫弹奏管风琴的手一刻也没有休息。这是一场只有盖斯纳校长一个听众的音乐会，但对巴赫来说，比迎来千百人的观众还要高兴。

"我不知先弹什么给您听，总之为了纪念友情的复活，我先从《管风琴小曲集》中挑选几支曲子弹奏吧。"

巴赫站在廊台上低声告诉坐在下面的盖斯纳校长，然后开始了他的音乐会。

盖斯纳校长闭上眼睛，等待令人怀念的乐曲开始。他在魏玛的宫廷礼拜堂里听过很多次这些曲子。

《管风琴小曲集》是巴赫在魏玛时代创作的作品，虽然巴赫谦虚地称之为小曲，但其实是相当有分量的作品，总共有 45 支曲子（但这也仅是最初作曲计划的四分之一，巴赫最初打算将其编成 164 支曲子的曲集）。

在《管风琴小曲集》中，看不到巴赫 20 岁时在阿恩施塔特演奏的《托卡塔与赋格》中那样昂扬的激情，相反，他以赞歌的旋律为基础，严格遵守了赋格的曲式，表现手法十分严谨，造就了这一部真正内容深刻的作品集。巴赫透彻地研究了许多管风琴大师的作品，那时他虽然只有 25 岁，其作品却已经达到了成熟的境界，表现得沉着而自信。

正是这部作品集，后来被施韦泽[1]博士称赞为"整个音乐

---

1 施韦泽（Albert Schweitzer，1875—1965），医生、哲学家、神学家，常年在非洲刚果从事当地人的医疗工作，曾获诺贝尔和平奖。他也是知名的管风琴家，以擅长演奏巴赫的乐曲闻名。

史上最大的事件之一"。

《管风琴小曲集》是巴赫在魏玛时代的9年里，在创作其他作品的间隙中创作的。

——那时，我每天一边仰望城堡入口的高塔，一边走向宫廷礼拜堂。那里的管风琴座位很小，礼拜堂里冷得像冰一样，可我并没有觉得多难受。

巴赫一边沉浸在管风琴演奏中，一边在脑海的某个角落怀念地回忆起在魏玛侍奉威廉·恩斯特公爵的日子。

——公爵是个严肃认真的人，他很信任我，很快就为我改造了管风琴，还经常让我去别的地方。迈宁根、卡塞尔、德累斯顿、莱比锡、哈勒……那个时代，我到底去了多少地方呢？受邀去了好多地方演奏，鉴定管风琴、试奏新管风琴，还被好多人热情款待。啊！我永远不会忘记，在哈勒试奏那台大管风琴之后的宴席！因为实在太丰盛了，我为了以后讲给孩子们听，拼命把菜式记了下来。炖牛肉、鳟鱼佐凤尾鱼酱、火腿、香肠、烤羊肉、烤小牛、菠菜、青豆、马铃薯、南瓜、芦笋、生菜、红萝卜、油炸物，还有面包配新鲜黄油，甜点有蜜饯柠檬皮……哎呀，这不是还记得很清楚吗？真美味啊，那一次。那是我到目前为止吃过的最棒的一次宴席啊……咦，我这是一边弹一边在想什么呢？不知不觉回忆起旅行，回过神来才感到羞愧。没错,哈勒的那架大管风琴也很棒,但所到之处都能见到制作者亲手制作的各式各样的管风琴,真让我兴奋得不得了。我演奏过近50架不同的管风琴,每架的性能和构造都完全不同,每次都被激起新的征服欲,拼命地想要演奏出最好的音色。

在魏玛的9年,正如巴赫现在回想起来的那样,完全就是日夜沉迷于管风琴的时光。

在那9年间,巴赫作为管风琴演奏家的名声传遍了整个德国,甚至流传出了许多关于他高超的演奏技术的传说。

例如,巴赫在没有报上姓名的情况下,在一个村子的小教堂里弹奏了一架破旧的管风琴,那架管风琴发出了仿佛来自别的乐器的美妙声音。教堂的管风琴师不禁跪倒在地,喃喃道:"这如果不是恶魔,就是巴赫本人。"

此外,巴赫被邀请到卡塞尔的宫廷礼拜堂时,在王子面前,他仅用脚就演奏出了震颤整个礼拜堂的雷鸣般的乐曲。巴赫的脚像鸟儿一样在踏板上飞旋,王子被他的脚法吓得不知所措,激动地从自己的手指上取下镶着宝石的戒指给了巴赫。看到这一幕的人们窃窃私语道:"如果巴赫是用双手弹奏的,那么王子会送给他什么呢?"

此外,巴赫在访问德累斯顿时,正好来访的法国著名管风琴演奏家路易·马尔尚邀请他同台竞技(那个时代流行着

魏玛时代的巴赫　　　　　弹奏管风琴的巴赫

名演奏家之间同台竞技）。无奈之下，巴赫只好在指定的日子前往比赛场地，却发现马尔尚当天早上不知去了哪里。"马尔尚偷偷看了巴赫练习，吓得逃了回去！"德累斯顿人高兴地说。

巴赫无论走到哪里都被无上的赞美包围，每个人都会问他："怎么才能掌握这么好的技术呢？"这时巴赫反而会觉得这个问题很奇怪，回答说："这也没什么了不起的。只要在合适的时间弹合适的音，乐器就会自己响起来了。"只不过提出问题的人，谁也不相信这个答案。

就这样，巴赫的名声越来越大，恩斯特公爵也越来越重视他。能拥有像他这样有名的管风琴手，对公爵来说也是一种荣誉。

尽管事情进展得如此顺利，巴赫最终还是离开了宫廷。这次是因为他被卷入了公爵及其侄子之间的势力之争。这一过程与他之前被卷入米尔豪森教堂之争时十分相似。

巴赫非常重视公爵，同时也重视公爵那个热爱音乐、成了自己弟子的侄子。公爵曾下令："凡与我侄子说话，或在我侄子的宫廷里演奏的人，将被处以罚款。"巴赫却无视这个命令，在公爵侄子的宫廷里华丽地演奏了康塔塔。

不久后，作为对巴赫的惩罚，公爵忽略了他，任命了一名无能的音乐家为宫廷乐长。至此，巴赫完全失去了对这份工作的兴趣，他很快在科腾宫廷找到了下一份工作，打算离开魏玛，但这次的辞职并没有被轻易接受。因为公爵根本不想放手让名声越来越大的巴赫离开。接下来就是互相赌气了。巴赫固执地提出辞职（他甚至已经从科腾那里拿到了最初的薪水），公爵则固执地不同意。最终巴赫以"过于固执要求辞职之罪"被关进了城堡的牢房里。之后是将近一个月的监禁，巴赫把它当作绝好的闲暇时间，在牢里完成了《管风琴小曲集》。

不用说，他的雇主——公爵也只能不情不愿地让步了。

尽管如此，这样的结果也是极其特殊的例子。

虽然巴赫十分顽固，但在那个时代，像他这样坚决和雇主作对、坚持自己意愿的音乐家还是极为罕见的。就连世代以优秀音乐家闻名的巴赫家族的人，通常也会放弃自己的意愿，遵从教堂和宫廷的命令。从这一点来说，巴赫可以说是第一个在社会上主张自己的意愿、主动为自己争取人权的音乐家。

仿佛忘记了时间流逝一般，巴赫为盖斯纳校长持续地演奏着管风琴。《管风琴小曲集》之后是《管风琴协奏曲》，《管风琴协奏曲》之后是《管风琴帕萨卡利亚（变奏曲）》，接着是巴赫的本色即兴演奏……教堂看门人蹑手蹑脚地来换上新的蜡烛，巴赫也完全没有注意到，他全神贯注地沉浸在演奏中，而盖斯纳校长沉醉在他的精彩表演里。

自从盖斯纳来了以后,托马斯学校里的一切都明显好转了。

"真让人吃惊,玛格达莱娜。校长一转眼就说服了市议会,决定增建校舍。托马斯学校决定要加盖两层楼,相应地,我们的房子也会变大。"

"真是太可喜可贺了,玛格达莱娜。盖斯纳先生让我不用上任何课,还让我得到了充足的工资。"

"今天很高兴,玛格达莱娜。校长制定了'赋予音乐重要地位'的校规,甚至说希望学生们牺牲游戏时间来练好演奏。你知道这样一来合唱团的训练变得多么容易吗?"

"你知道吗?今天校长来参观练习,和学生们一一握手,并给予鼓励。这样的事情自从托马斯学校建校以来还是第一次,学生们别说有多紧张了!"

每天工作结束后,巴赫一回到家,就向妻子报喜。盖斯纳的改革不仅涉及学校,也涉及城市、教堂和市里的居民。他对所有遇到的人都表现出了自己对托马斯教堂乐长的尊敬,所以人们看巴赫的眼神完全变了。

——仅仅因为有一个掌权者站在自己这边,就发生了如此大的变化!

巴赫看着连说话方式都变了的上司们,由衷地佩服盖斯纳的力量。

校长的帮助不仅限于此。

盖斯纳在托马斯学校任职没过多久就开始专心编辑拉丁语教科书,并在其中亲自写了这样一篇赞扬巴赫的文章。

我的朋友法比乌斯[1]啊,如果你能复活,看到巴赫的身影,就会觉得你经常称赞的"一边唱歌一边弹竖琴,用脚拍打节奏的竖琴师"根本不值一提了。

复活吧,看看巴赫。

当巴赫用双手所有的手指弹奏钢琴时,仿佛众多竖琴师同时合奏;当巴赫弹奏乐器之王管风琴时,无数的音管仿佛被赋予了灵魂般地歌唱。而且,巴赫能够一边弹奏钢琴或管风琴,一边唱合唱中的一个声部,并且始终注视着三四十名演奏者,用头、手指或者脚发出信号,指挥全场。

要是你能看到那光景的话该有多好!

这个人,独自站在音乐的旋涡中,从事着无比艰

---

[1] 法比乌斯是很久以前一位伟大学者的名字。因为盖斯纳自己也是学者,所以亲切地这样称呼他。

难的工作,用充满他全身的音乐,维持所有演奏者的秩序,让音乐生动地歌唱。

在我的朋友巴赫身体里,仿佛住着许多俄耳甫斯[1]和20多个阿里翁[2]。

这篇文章刊登在教科书上之后,学生们对巴赫的态度发生了巨大的变化。原本叛逆的少年们,现在抬着头两眼发光地看着巴赫,无比热情地努力练习,而热情的学生们则更加卖力地磨炼自己的技能。此外,托马斯学校以外的年轻人也陆续来找巴赫,希望成为他的弟子,还住进了乐长的宅邸。

屋里屋外,整天洋溢着充满活力的气氛,家人的脸上也都很有光彩。

"大家都夸爸爸呢,说他是莱比锡的骄傲。"

"大家到了现在才知道爸爸的指挥是多么正确啊!"

在托马斯学校最高年级读书的二儿子埃马努埃尔和比他小1岁的三儿子伯恩哈德饶有兴趣地向父亲报告了人们的变化。

第二年,也就是1731年,他的二儿子也进入了莱比锡大学;又过一年,历时两年的托马斯学校扩建工程完工,巴赫

---

[1] 希腊神话中的乐师,据说他弹奏的竖琴声能撼动树木和岩石。
[2] 公元前7世纪至公元前6世纪的著名音乐家,据说他创造了合唱音乐。

一家得到了配有豪华音乐室的乐长宅邸。

一切都愉快而顺利，巴赫干劲十足地工作着。

为教堂创作康塔塔，为弟子们编辑《键盘练习曲集》，为大学音乐社作曲并指挥。

其间，巴赫没有忘记向萨克森选帝侯推销自己。

——很遗憾，市里的官员们之所以停止找碴儿，并不是因为他们对我有了正确评价。很明显，他们只是看在盖斯纳大人的面上装装样子而已。而且，如果盖斯纳先生不能永远待在这里的话，为了那个时候着想，我也应该……

巴赫看清了现状，为继承父位成为新一任萨克森选帝侯的弗里德里希·奥古斯特二世（Friedrich August Ⅱ）写了3首康塔塔，并在选帝侯获得波兰王位加冕的时候，率领大学音乐社表演了声势浩大的康塔塔。1733年4月，当年轻的选帝侯第一次访问莱比锡时，他又写了《垂怜经》《荣耀颂》（这两首曲子后来被整理成《b小调弥撒曲》）这两首宏大的礼拜音乐。

《垂怜经》《荣耀颂》以哀悼已故的一世、庆祝新选帝侯即位的名义，用超过《马太受难曲》的演奏者人数庄严地进行演奏。

巴赫从选帝侯的亲信那里听到了令人高兴的话语："选帝侯圣心甚悦。"

——是吗？选帝侯对我的工作满意吗？那么，现在是时候了。没有比现在更适合申请"宫廷作曲家"称号的时候了。

从选帝侯间接的感谢中获得勇气的巴赫，在演奏《垂怜经》《荣耀颂》几天后，将乐谱寄给了选帝侯，并附上了第一封申请书。

慈悲的选帝侯殿下：

我把自己在音乐方面所取得的知识成果，连同这封申请书一并郑重地献给殿下。我衷心希望殿下以宽容和慈悲之心对待我的作品，同时，我也衷心请求殿下能将我置于您强大的保护之下。

这几年来，我一直担任莱比锡的音乐指导，但接连遭受了不公正的待遇和侮辱，有时甚至被削减报酬。但是，如果殿下能眷顾我，授予我宫廷乐团一员的头衔，向当局发布这样的命令的话，那些恶劣的事态就会很快消失。如果您答应我的请求，我将以无限的尊敬和献身的精神遵从殿下的要求，无论何时何地，我都将在对殿下的无限忠诚中，为殿下奉献我的全部力量。

殿下忠实的仆人
约翰·塞巴斯蒂安·巴赫

虽然巴赫这封申请书并没有收到直接的回信，但他没有气馁。像这样的请求，一般不会马上得到答复，毕竟选帝侯收到的申请书肯定会堆积如山，总有先来后到。

总之，能做的我都做了。还有就是要有坚韧不拔的毅力，一有机会就坚持发功。此后，巴赫只要一有机会，就不断创作康塔塔送给选帝侯。

这个举动很明智。

正如巴赫所料，第二年秋天，盖斯纳校长被邀请到哥廷根新建的大学担任教授，和他来莱比锡时一样突然，他又离开了莱比锡。

"托马斯教堂的乐长，不能再帮你的忙了，我心里很难过。只希望下任校长能延续我的方针……"

虽然自己出人头地，却再次把好友逼入困境，盖斯纳校长十分愧疚，表情和话语都沉重得让人看着觉得可怜。

巴赫早已为这一天做好了准备，他不得不反过来鼓励盖斯纳。

"您能出人头地，对我来说就像自己的事情一样高兴，盖斯纳先生。请不要留恋这片土地了。我也衷心祝愿您能在新的土地上大展宏图。盖斯纳先生，请一定健健康康的。偶尔给我写信。"

就这样,盖斯纳离开了,与此同时,巴赫4年的和平日子也远去了。就因为日子过得和平,岁月流逝得多么快啊……

接替盖斯纳担任托马斯学校校长的是已故老校长埃内斯蒂的儿子。一听到这个名字,巴赫就有一种不祥的预感,而这不久就变成了现实。巴赫很快就将深深感受到,比起他那什么也不做的父亲,这位新校长是个能干好几倍,但要难伺候好几倍的人。

CHAPTER 8 第八章

最后的战斗

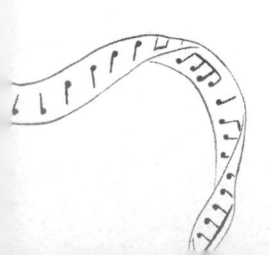

三个儿子即将成为独当一面的音乐家。与此同时，巴赫与对音乐漠不关心的新校长的战斗开始了。为了保护自己，巴赫向最高权力者萨克森选帝侯上书，得到了"宫廷作曲家"的称号。这时巴赫51岁，老骥伏枥，斗志不减。

新校长埃内斯蒂年仅27岁。正因为年轻，所以野心勃勃，既然自己当上了校长，就想尽快提高托马斯学校的教育水平，气势汹汹地来学校上任了。

1734年11月21日，新校长的欢迎会在托马斯学校举行，巴赫为这场仪式写了新的康塔塔并指挥演奏。4年来，在盖斯纳校长每天的鼓励下，托马斯合唱团进步神速，唱出了天使般美妙的歌声。

但是，新校长对这场表演既没有表现出满意的样子，也没有露出慰劳的笑容。他反而显得焦躁不安，希望演出快点结束。

——但愿这位年轻的校长喜欢音乐……

巴赫一边指挥，一边在心中默念着与盖斯纳临走时的留言相同的话语。

然而，这份期待在几分钟后就彻底落空了。

"为了让托马斯学校成为学问的殿堂，有必要控制学生们的音乐活动。"在这首为他所写的康塔塔的出色演奏结束之后，埃内斯蒂马上进行了就任致辞。他在全体学生、全体员工和巴赫面前斩钉截铁地这么说道。

"就算校长您说想统一意见，我也无法理解您的想法。

为什么要把音乐当成障碍物呢？"仪式结束后，巴赫被叫到校长室，校长高声要求他按照自己的意见行事，巴赫平静地反驳道。

——对方27岁，我49岁。跟同自己儿子差不多大的校长争吵，岂不是太幼稚了？

巴赫毕竟是年纪较大的一方，他压抑着内心的愤怒。而新校长可能因为这句话动了怒吧，一时间忘记了礼节，单刀直入地开了口。从他的语气中完全看不出对伟大音乐家的尊敬之情，只有对一位顽固长辈的轻蔑之情。

"那么，现在我就明确地表达一下我的想法。本来，学习音乐对学业来说就只是一种干扰，现在兼顾学问和音乐的想法本身就已经过时了。持有这种陈旧思想的教育者屈指可数。因此，我希望学生们尽快从演奏活动中抽身，集中精力学习。"

"校长，难道只有做学问才是学习吗？应该不是的。合唱团的学生们为自己的音乐使命感到自豪，出于这种自豪，他们绝不会荒废学业，而是会更加努力学习。前校长是这样想的，我也是这样想的。实际上，学生们通过音乐训练，在人格和学问上都得到了提高。相反，越是不重视音乐的人，生活态度和成绩就越差。根本没有音乐干扰学业这样的情况。"

"那不过是乐长你单方面的说辞。说到底，在人家的葬礼、婚礼还有街头巷尾唱歌乞求施舍，是优秀的学生该做的事吗？

如果说学生们有必要演奏音乐，那在礼拜的时候演奏就够了。除此之外的其他活动请立即停止。"

"不喜欢音乐是校长您的自由，但既然我是托马斯教堂的乐长，就不能降低合唱团的水平。校长，请您公正看待这个问题，越是优秀的歌手，就越能成为优秀的学生。因为这些学生，圣托马斯教堂的音乐水平提高了多少……"

"提高音乐水平与我的方针无关，我的方针是提高托马斯学校的学问水平。不过，关于这个问题，无论我和乐长谈多少次，似乎都不会得出结论。我们的想法似乎从出发点开始就存在分歧。"

面对寸步不让的巴赫，新校长这样告诉他，然后就单方面地结束了谈话。

——从出发点来看，这个年轻人根本就大错特错。学问，学问，学问。仿佛这是人类唯一的使命，而忘记了最重要的事情。做人最重要的是什么？那就是通过某种方式来做出奉献。对我来说，这个某种方式就是音乐。我的孩子们、我的弟子们、我的学生们也都清楚地知道是音乐。

与这些宝贵的体验相比，仅仅提高学问水平又有什么意义呢？可是，为什么到了现在还要进行这种无意义的讨论呢？在盖斯纳先生担任校长的时候，一句话都不用说，也能从这个大前提出发。不，就算是这个年轻人的父亲在位时，也没有过这种根本上的分歧。我不明白。最近的年轻学者都在想些什么；我能明白的只有，他们过分期望提高学问，而忘记了做人的本分。

在巴赫看来，眼前的校长像是别的物种。而校长那边，则认为巴赫是过去的老古董。

就这样，两个人从见面的那天起，就明白了必须在一个学校里互相敌对的命运。而且，两人之间还存在着比意见分歧更大的隔阂。那就是时代，这对两人来说都是难以逾越的高墙。

在与新校长争吵之后，巴赫丝毫没有放松对学生们的训练。不仅没有放松，反而比以往在练习音乐上花了更多的时间。

——被挑衅了就必须反击回去。既然事关音乐，我就更要战斗到底。

巴赫心中燃起了4年未见的斗志。虽然已近老年，但巴赫与生俱来的斗争本能丝毫没有减弱。

对于巴赫的挑战，埃内斯蒂校长回应的方式非常阴险。

他没有直接向巴赫抱怨，而是把矛头指向了一无所知的学生。每当看到学生拼命练习音乐时，他就会问："你打算当酒馆的小提琴手吗？""你准备成为街头艺人吗？""这么无聊的事,亏你也能做得下去啊!"就这样,他不停地嘲笑、贬低学生们。

在此之前,学生们一直受到盖斯纳校长的表扬和鼓励,他们一开始有些吃惊,接着脑子就混乱了起来。特别是那些性格懦弱、勉强靠努力维持音乐水平的少年,很快就开始觉得演奏音乐是无聊的工作,甚至开始敷衍练习。这种情绪很快就体现在演奏上,托马斯合唱团的歌声迅速失去了透明感,甚至又像以前一样夹杂着"乌鸦叫声"了。

——盖斯纳先生离开才不到一个月,就变成这样了……

巴赫瞬间明白了,一切都恢复了原来的模样。

乌云低垂,事态朝着对巴赫越来越不利的方向发展。不过,眼下巴赫和新校长之间并没有发生公开争执。双方都把敌意藏在心中,始终保持着令人毛骨悚然的平静。

这持续近两年的平静,可以说是"暴风雨前的平静"。

在这一片平静中,巴赫又发表了一部大作。

那就是《圣诞节清唱剧》——由64支曲子组成的大作品。

清唱剧是以宗教故事为题材的歌剧,是比康塔塔规模更大的作品。

为了听这部《圣诞节清唱剧》的全部曲目,莱比锡人前后六天前往圣托马斯教堂：1734年的12月25日、26日和27日，以及第二年的元旦、1月2日和6日，共6天。这是因为，这部清唱剧的所有曲子并不是连续演奏，而是从耶稣出生的圣诞节开始，分成6天来演奏。

在这6天里，莱比锡人聚集在圣托马斯教堂，用心欣赏巴赫所写的关于耶稣诞生的歌剧。那音乐每一曲都明亮、易懂，充满了喜悦。教堂内回荡着如同星光闪烁般的合唱声，听到这音乐的人们肯定不会想到，写出这部作品的巴赫，现在正处在极其艰难的境地中。

如今，《圣诞节清唱剧》与《马太受难曲》《b小调弥撒曲》一同被视为巴赫的杰作，成为巴赫对莱比锡市民最后的伟大奉献。

"孩子他妈，工作归工作，我要开始更重视自己的生活和创作了。"

顺利完成《圣诞节清唱剧》首演后，巴赫落寞地对妻子说。

"到目前为止，我每周都不断为教堂创作康塔塔，演奏康塔塔，但总觉得这些努力都是徒劳的。盖斯纳先生在的时候，我觉得有一个人能真正理解我的音乐，所以我以此为动力拼命地工作。但现在这个状态，不管演奏新的还是旧的曲子，无论演奏得是好是坏，都不会有人注意我。既然如此，我是不是应该把精力放在更有实际意义的工作上呢？"

"你说得对。你一直以来都为学校、为教堂鞠躬尽瘁，今后如何工作，谁也没有资格说什么。作曲也好，弹管风琴也好，你就为了自己、按照自己的想法工作吧。"

玛格达莱娜虽然用强硬的语气鼓励丈夫，但她看到丈夫疲惫而悲伤的样子，心里也非常难过。巴赫的脸上流露出创作者的痛苦，因为他无论怎么努力都得不到应有的评价。

——在这个小小的世界里，极端胆小的人们，正在将丈夫压垮……

玛格达莱娜现在清楚地知道，在莱比锡，丈夫施展不了才能。

——更广阔、更进步、更高维度的世界才适合巴赫。

虽然明白这一点，但玛格达莱娜还是不知道这样的地方在哪里。是在德国的其他大城市，还是在其他懂得音乐的国家，抑或是在这片土地以外的更高的地方……

从这个时候开始，巴赫突然停止了每周为教会创作康塔塔。

来到莱比锡已经 12 年，马上要 50 岁的巴赫，在放弃的同时，卸下了肩上的重担。

作为替代，教堂开始演奏巴赫过去的作品，但几乎没有人注意到这一点。毕竟巴赫已经写了近 300 首教会康塔塔，即使第二次或第三次听到其中的某一首,对音乐不感兴趣的听众也会觉得是一首新的曲子。

巴赫把对工作的热情转移到了对弟子和儿子们的教育上。

当时巴赫身边聚集了许多优秀的弟子,让他充分体会到了教育的乐趣。

比如大学音乐社的成员奥尔特尼克尔、父子两代都是巴赫弟子的克雷布斯、才能十分受巴赫欣赏的基恩贝格尔(记忆力好的人可能会想起他是门德尔松的作曲老师策尔特的老师)。此外,德国各地、意大利的许多年轻人也因仰慕巴赫的名声而前来拜访,寄宿在乐长宅邸。这些天赋异禀的年轻人成为巴赫的助手,帮助他进行合唱团训练、写谱,还照顾巴赫家的小孩。

"对我来说,能教育这些把一生奉献给音乐的弟子是一件多么高兴的事情啊!"

这是巴赫的口头禅,作为天生的教育家,他对弟子们的教育倾注了极大的热情。

在众多弟子中,巴赫的三个儿子的才能毋庸置疑是最出类拔萃的。他们也是天生的音乐家。

——弗里德曼有天才的闪光,埃马努埃尔踏实、稳重。伯恩哈德也有切实的才能,不过,这孩子与另两个相比有些不稳定,要说缺点也算是缺点……

巴赫如此评价儿子们的才能。

他的长子弗里德曼大约一年前从莱比锡大学毕业,已经在德累斯顿的圣索菲亚教堂担任管风琴手。巴赫的名声对他的就业起到了很大的作用。

"在这里,爸爸可是个大名人。您和马尔尚先生比赛的故事至今还在流传,我所到之处,都有人介绍说我是那位巴赫的长子。"

巴赫经常来德累斯顿,弗里德曼这样向他报告。巴赫的宝贝儿子弗里德曼在选帝侯居住的德累斯顿就职,于是疼爱儿子的巴赫经常造访这座城市。

"真伤脑筋。整个故事肯定都被添油加醋地传播开了吧。"

巴赫眯起眼睛看着长子,回想起自己年轻时的样子,告诫了他很多事情。

"你既然已经走入社会了,肯定也会被吹捧、被煽动、被要求同台竞技,但绝对不可以接受这样的挑战。那样既伤害自己,也伤害别人。音乐并不是为了这样的事情而存在的。而且在这种大城市的大教堂里,管风琴手的位置之争总是伴随着阴谋和手段,说不定还会被卷入教堂之间的势力之争。

不，即使在一个教堂内也有很多困难，要和牧师搞好关系，和乐长就更不用说了。你要知道，如果稍有疏忽，就会有很多人惦记着接替你的位置。"

每当巴赫把自己从亲身体验中得到的宝贵处世之道详细地告诉大儿子后，最后一定会加上这样一段话：

"听好了，弗里德曼。如果这样下去你还是遇到了困难，无论如何都要和爸爸商量。如果爸爸离得很远帮不到你，那就向附近的巴赫家族的人求助。族人们一定会帮助你的。"

"好的，爸爸。"

"反过来，如果有巴赫家族的人来投靠你，你也必须竭尽所能。弟弟们就不用说了，远房亲戚们也一样。这样互相帮助是巴赫家族的传统，也正因为这样，巴赫家族才会如此兴旺。我希望我看重的大儿子也能继承这个传统。"

"好的，我知道了，爸爸。"

弗里德曼离家独立的第二年，二儿子埃马努埃尔去了法兰克福。

埃马努埃尔在莱比锡大学学习了 3 年之后，转到法兰克福的大学继续学习。他告诉父母，学费和生活费由他自己担任钢琴教师来赚取。

"埃马努埃尔一点也不让人操心。那孩子很快就会自己找到工作，踏踏实实地做下去。那孩子那种摸着石头过河的性格，是我遗传给他的吗？"

"如果遗传了你……"玛格达莱娜笑着对自夸的丈夫开了个玩笑，"那不得摸着摸着把石头敲碎呀？"

从这一点来说，三儿子伯恩哈德是最让巴赫担心的。

——这孩子像谁呢？他性格软弱得不像是我的骨肉，虽然喜欢音乐，却缺乏勤勉。这是怎么回事呢？这种性格的孩子最好不要上大学，早点进入社会锻炼比较好。

抱着这种想法的巴赫，在伯恩哈德长大成人的那一年，听说了米尔豪森圣母教堂的管风琴师职位空着的消息，立刻写信给市长，拜托他给三儿子安排工作。

凭借巴赫的名声和自身的实力，伯恩哈德很快就找到了工作。

"作为你的出发点，我觉得还不错。我也在这座教堂工作过一年左右，这座教堂的管风琴手世世代代都是巴赫家族的人担任的。在城里有很多亲戚，你应该不会感到孤独的。"

陪同三儿子去参加应聘考试的巴赫对三儿子走上社会非常高兴，拜托镇上的人照顾他，然后离开他回到了莱比锡。

然而，没过三个月，巴赫就收到了米尔豪森的三儿子寄来的一封信。

"这个城市的官员指责我在礼拜前演奏音乐的时间太长，说我的演奏挤压了礼拜的时间，我该怎么办？"

信接二连三地寄来。

"市议会的人责备我说，因为我的演奏太激烈，信众们的耳朵都不好了，管风琴也坏了。我每天都很痛苦。"

"爸爸，去哪儿都行，请再帮我找一份工作吧。我在这里一天也待不下去了。"

从越来越悲伤的信中，巴赫清晰地看到了懦弱的三儿子在众人的指责下不知所措的样子。

——太失礼了！我怎么可能教授给我儿子破坏管风琴的演奏方法呢！但是，我也真是把年轻时的事情忘得一干二净了。米尔豪森市议会那群人可不输这里的人，都是些对教堂内部事务指手画脚的讨厌家伙。而且圣母教堂是重视礼拜甚于音乐的虔信派教堂。这样看来，他们好像又在用和以前对付我一样的方式对付我的儿子。如果那孩子是个意志坚强的孩子，我一定会让他大胆反击这些责难，但那孩子肯定受不了。就像那孩子说的，还是只能给他换个地方了吧。

就这样，伯恩哈德只在米尔豪森待了一年，就转去了巴赫为他找到的桑格豪森的教堂。

但是，在这里他也没有坚持多久。这次他因为债台高筑，最后竟然失踪了。

——那孩子到底会怎么样呢？究竟哪里发生了问题，养出了那么软弱的孩子？是我的爱不够吗？不，不可能。我很爱他，我对孩子们的爱并没有分别。

巴赫先给桑格豪森的官员写了一封道歉信，替三儿子还了债，接着就不知道该如何是好，担心得夜不能寐。话虽如此，他也不能亲自出门寻找流浪在外的三儿子。在儿子们长大的同时，他家庭里的小成员还在不断增加。

1735年，巴赫50岁那年秋天，他有了第18个孩子。

这是玛格达莱娜的第11次分娩。

这是个男孩，名为约翰·克里斯蒂安。当时谁也没有想到，在巴赫的孩子中，这个孩子会拥有特别的才能，成为巴赫日后最大的期盼。尤其是在玛格达莱娜此前生下的十个孩子中只有三个平安长大的情况下……

就这样，在巴赫被自己家里的事情弄得晕头转向的时候，新校长埃内斯蒂也在虎视眈眈地寻找着"干掉"他的机会。

这个机会终于在1736年的夏天到来了。那正是巴赫为三儿子的来信烦恼的时候。

那天，巴赫和往常一样，在合唱团训练快结束时来到了圣托马斯教堂。

他把合唱团训练交给了一个叫克劳泽的年轻人,那是个很有能力的助手,巴赫只要在训练结束的时候去看看当天的成果就可以了。

但是,巴赫进入教堂一看,里面像被捅过的马蜂窝一样乱成一团。

"发生什么事了?克劳泽在哪里?"

巴赫从激动地叫喊、哭红了眼睛的学生中,抓住年长的少年问道。少年用断断续续的声音前言不搭后语地答道:"大事不好了,乐长。克劳泽先生被校长叫去了。因为他们在训练的时候太吵了,克劳泽先生非常生气,打了他们中的某个人一巴掌。结果校长气冲冲地跑过来,把克劳泽先生拽走了。"

巴赫立刻明白了事情的原委,飞奔出教堂,冲进学校。就在他打开校长室的门的瞬间,校长歇斯底里的声音立刻灌进了他的耳朵。

"听好了,我要当着所有学生的面给你上一顿鞭刑!然后让你退学!明白了吗?仗着乐长的权势,把音乐那样无聊的东西强加给学生,看看你会落到什么下场!"

可怜的克劳泽脸色发青,在校长面前瑟瑟发抖。

——居然把对我的愤怒,发泄到这么认真的年轻人身上!这样还叫教育者吗?!

巴赫被校长卑劣的做法激怒了，他大踏步走进校长室，挡在克劳泽和校长之间大声说道："校长，请您立刻撤回这种荒唐的判决。这个年轻人究竟有什么过错？被他批评的那些人，都是些平时就很没礼貌，怎么劝也不听话的坏学生。这个年轻人想要维持纪律是理所当然的事情，如果这也有错的话，责任就由我来承担。这个年轻人所做的事情的全部责任都在我。"

校长听了巴赫的话，更生气了，大叫起来："不要多嘴！这个人违抗了我的命令。明天就给他一顿鞭刑，赶出学校。这个命令一个字也不会变！"

——毫无天理。简直就是儿戏。就因为太憎恨我，连是非黑白都不辨了。

巴赫半是无奈地等待校长的怒火平息后，再次低声下气地请求他取消对克劳泽的惩罚。然而校长坚决不收回前言。

"既然到了这个地步，我只能弃学逃走了。鞭刑那样的耻辱，我不能忍受。"面对回到乐长室的巴赫，克劳泽咬着牙这么说道。就像他所说的那样，当晚，他就带着全部家当和好不容易积攒下来的钱离开了学校。

"他本来要上大学的，那么才华横溢、前途光明的青年，却让我影响了他的未来……"

那天晚上，巴赫满怀悲伤和无处发泄的愤怒，无法入眠。

但是，事件并没有就此结束。这还只是个开端。

巴赫外出训练时，发现一个平日里无能得引人注目的年轻人正得意扬扬地坐在克劳泽的座位上。

"为什么你坐在了助手席上！"巴赫勃然大怒，对那人大喊。

那人一脸无辜地答道："当然是校长吩咐的，乐长。"巴赫听到这句话，顿时气得面红耳赤。

"你说什么？校长？那个蠢材校长吗？！好，既然校长非要插手他不该管的事，那就让他看看要怎么收场！"巴赫大吼着，抓住那人的脖子，把他从助手席上赶了下去。那人慑于巴赫的愤怒，飞奔出教堂，没再回来。

——虽说是怒不可遏，但实在说得过头了。如果这件事传到校长耳中，那就又麻烦了。

在那天的训练中，巴赫面对着战战兢兢抬头看自己的少年们，对自己的行为感到后悔。

果然不出所料，被巴赫赶走的那人直接跑去把一切都告诉了校长，训练快结束时，他和校长一起回到教堂，在合唱团后面嘻嘻地笑着。而校长则叉着腿站在那里对合唱团怒目而视，训练一结束，他就站到了学生们面前，威胁道："在这个助手以外的其他人指挥下唱歌的人会被严厉惩罚！"

那个时候，巴赫勉强控制住了自己，但毕竟是巴赫家族的人，已然激起的怒火在他的心里不断燃烧，几乎无法控制。

第二天早上，在圣托马斯教堂做礼拜的时候，巴赫一看见那人厚着脸皮站在助手台上，便不由分说地把他从台上拽下来，让另一个青年坐上了那个位置。

这一切都是在校长和市民们的眼皮底下进行的。但是巴赫的愤怒已经无法靠他的自制力来控制了。

——已经无所谓了。怎么样都无所谓。无论付出怎样的牺牲，我也要捍卫自己的权利。

巴赫怒视着目瞪口呆地仰望自己的人们，对自己发誓要舍身反抗。

校长立刻向市议会和教会要求惩罚巴赫。巴赫也不甘示弱，控诉了校长是如何不断妨碍自己工作的。

面对各执一词的双方，官员们不知所措。

"关于这次的事，不能说全是乐长的错吧？"

"不过，乐长和校长那样对着干，也大有问题啊！"

"这案子可真麻烦啊，要是随便偏袒哪一方，都会被另一方怨恨。"

"这种情况下，最保险的方法就是……"

最后的发言者用一脸见多识广的表情说道。

"就是不给出答案，置之不理。"

市议会平日里对巴赫那样百般刁难，这已经是他们给出过的最善意的答复。

——事已至此，只好使出最后一招了。虚张声势已经没有用了。

市议会的暧昧态度让巴赫没了耐心，他下定决心向萨克森选帝侯递交了第二份申请书。

"请您务必赐予我'宫廷作曲家'的称号。"

这次的申请书中饱含着巴赫被逼入绝境的心情。

选帝侯收到申请书，想起巴赫曾多次献上曲子，都没有获得过任何报酬。

时机也很合适。一直对巴赫赞不绝口的凯泽林伯爵此时正好在选帝侯的宫中工作，他热心地为巴赫牵线。

于是，1736年11月19日，巴赫等待已久的"任巴赫为波兰国王兼萨克森选帝侯宫廷作曲家"的证书终于送到了他的手上。

随后，市议会和教会收到了这样的通知："重新调查巴赫的事件，给巴赫一个合理的答复。"

好事接二连三到来。没过多久，选帝侯一家访问莱比锡时，巴赫为他演奏了晚间音乐，在全体市民面前受到了选帝侯的热情鼓励和感谢。

这样一来，学校和市里的阻挠完全销声匿迹了。

——原来如此。原来被当权者护在羽翼之下，是这样可贵的事吗？

巴赫对"宫廷作曲家"这一头衔超乎预料的威力感到震惊，同时也对惧上欺下的市议会和教会的体制彻底厌烦了。

这个时候，巴赫51岁。

巴赫终于清除了身边所有的敌意，在最后的战斗中也凭着执着取得了胜利。他在世间的名声似乎越来越响，但实际上，另一股敌意正从意想不到的地方悄悄盯上了他。

CHAPTER 9 第九章 音乐的奉献

"不愧是巴赫！不愧是巴赫！"长笛名家兼作曲家普鲁士腓特烈大帝[1]对演奏管风琴和大键琴的巴赫赞叹不已。

巴赫也铆足了劲，献上了13首组曲《音乐的奉献》作为答谢。

---

1 腓特烈大帝（1712—1786），即腓特烈二世。普鲁士国王，以热爱文学和音乐而闻名，是长笛名家，也会作曲。

如今的巴赫更加远离人世，整日闭门不出，把大部分时间都花在作曲上。

常年与敌意和嫉妒斗争让巴赫变得苍老了许多，他的眼角和嘴角布满了深深的皱纹。

"唉，玛格达莱娜。老巴赫能写音乐的时间所剩无几了，所以不能再把时间浪费在无聊的世事上。"

巴赫这么说着，默默地谱写弥撒曲，创作献给选帝侯的康塔塔，还着力修改过去的作品。

——音乐这种东西，无论怎么反复研究，都没有"这样就可以了"的时候。我们只能反复琢磨真正的音乐。要说我能做的，就是留下让自己满意的作品。为此，我要全力以赴。以前写的音乐，如果用这样的眼光重新审视的话，还有很多做得不好的地方。如果就此放任不管，将会成为我一生的遗憾。

巴赫已经创作了超过 1000 首作品，但随着年龄的增长，他对待创作的态度越来越认真和谦虚。

1737 年 5 月 14 日，巴赫遭到了意想不到的指责。

巴赫永远不会忘记那一天。他正在阅读新出版的音乐杂志《音乐批评》。他习惯在工作之余翻看这些杂志，了解社会动态。

"如果这位伟大人物的音乐能更让人舒适一些,如果他没有用过多的技巧掩盖音乐的美丽,那么他将赢得全世界的赞誉。"

——嗯……这篇文章指的是谁呢?是我认识的音乐家吗?

巴赫使劲眯着眼睛读着报道。由于眼睛常年疲劳,他读起小字来相当费力。

"他以自己的手指为基准作曲,所以演奏起来非常困难。再小的装饰音[1],他也完全以音符的形式表现出来。因此,在他的曲子中,和声的优美和旋律的流动都被掩盖了。而且,所有的声部仿佛都在互相竞争,难度都一样,很难区分哪个才是最重要的声部。这位人物的非凡努力值得称赞,但不得不说,他的努力终究是徒劳的。总之,他的音乐违背自然,已经过时了。"

巴赫看着报道,手开始颤抖,脸色也变得苍白。

——过多的技巧!违背自然、过时的音乐!

这些从纸面上浮现出来的话语,让他感到心脏一阵阵刺痛。

现在,他不得不意识到,这位"伟大人物"并非指别人,

---

[1] 装饰音,为了修饰某个乐音而附加的小音符。直到18世纪末期,添加装饰音都是演奏的基本原则。

正是指他自己，特别是当他知道写这篇报道的是年轻批评家沙伊贝（Johann Adolph Scheibe）时。沙伊贝曾在莱比锡学习，巴赫甚至为他写过求职推荐信。他受到巴赫的照顾，但因为求职不顺利，又被巴赫的徒弟抢走了下一份工作，所以对巴赫怀恨在心，一直在寻找机会报仇。

如果这些指责仅仅来自沙伊贝一个人的话，巴赫也不会受到如此大的打击。但不幸的是，巴赫知道自己经常被年轻一代称为"旧时代的代表"，一直有意识地不去听这些评价。

沙伊贝现在的这篇文章，将这些指责完全摊在了巴赫面前。

——这样吗？这次轮到年轻一代与我为敌了吗？

巴赫一度受到严重打击，但最终他还是顽强地拔出了刺在心里的那支箭。

——不管别人怎么说，我都不打算改变我的作曲风格。我是为了满足自己而创作的，就算大家不喜欢我的艺术，我也用不着生气。我会一直追求我的音乐形式，并完成它，直到最后一天。过时也好，老气也好，都无所谓。

巴赫为自己的心穿戴上了坚硬的盔甲。今后，即使全世界的人都谴责他的音乐，他也决不改变自己的道路。

但即使在这个时代，也有不少人真正理解巴赫的天才。

这些人代替巴赫在杂志上发表反对意见，并与沙伊贝进行了激烈的争论。纸上之争持续了一段时间，巴赫始终保持沉默。争执最终不了了之。

随着时间的推移，我们不难发现这场纷争其实也有其必然性。

作为历史的必然性，音乐的潮流到达了一个巅峰，而到达这个巅峰以后，另一个新的潮流又要开始了。这时候的巴赫，以及他的批判者和赞美者们，没有一个人清楚地知道这一点。也就是说，在巴赫及其之前大约150年间传承的"巴洛克音乐"[1]，在这个时代进入了全盛时期，并由此诞生了新的艺术风格——"古典音乐"[2]。

---

1 巴洛克音乐，从1600年持续到1750年（即巴赫去世之年）的音乐样式。意大利的科雷利、维瓦尔第，法国的吕利、拉莫，英国的普赛尔，德国的亨德尔、巴赫等都是这类音乐的作曲家代表。巴洛克音乐最终在巴赫手上发展完全。其音乐的主体是在通奏低音的基础上重复音符的自由即兴演奏，因此，巴洛克音乐的作曲家也都是著名的演奏家。羽管键琴、大键琴和管风琴是巴洛克音乐的代表性乐器。

2 古典（派）音乐，巴洛克音乐之后的音乐样式，作曲家以海顿、莫扎特、贝多芬为代表。这种音乐不以即兴为主体，作曲家着眼于如何以一个主题为基础构筑最雄伟的音乐。为此，作曲家会花费更多的时间和精力，努力将自己的思想和精神融入音乐。在这个时代，音乐从教堂和宫廷这样的有限场所中被解放出来，转移到市民翘首以盼的音乐厅中。在古典派音乐持续了约100年之后，在推陈出新下，追求更自由、更人性化表达的浪漫派音乐出现了。

巴赫站在"巴洛克音乐"的巅峰,一口气推动完成了这门艺术,发挥了历史性的重要作用。

正如巴赫告诉妻子的那样,他不再在烦琐的世事上浪费时间。他更加关心自己的内在。随着年龄的增长,他从巴赫家族的历史和传统中发现了重大的意义,开始尊崇家族传承下来的互相帮助的精神。

——巴赫家族的人,是从祖辈开始就被看不见的纽带联系在一起的一个特别的家族。如果不是这样,那为什么每个人都能成为音乐家呢?现在提起巴赫,几乎就是在说音乐家。但是,如果没有人写下这个家族的历史,它很快就会被人遗忘。留下这个家族的历史,也许也是我的使命。

抱着这样的想法,巴赫在作曲的间隙开始制作巴赫家族的家谱。他着手后,才知道这是一项不亚于谱写大乐曲的大工程。毕竟,叫"巴赫"的人太多了,那些人现在在哪里,在做什么,是生是死,不一一写信询问的话,根本就得不到他们的消息。

每天晚上吃完晚饭,巴赫都会在餐桌上摊开一张大纸,写上收到回信的亲戚姓名、居住的城市、工作种类、出生和死亡年份等等。逐渐制作而成的家谱,就像把一棵长着无数枝条的大树倒过来画一样。

"我只见过其中的几个人呢。"玛格达莱娜一边哄着还不到1岁的婴儿约翰,一边看着丈夫工作,自己所属的巴赫家族人数之多令她瞠目结舌。

"如果要见到上面所有还在世的人,光去图林根还不够,还得走遍整个德国。"

"确实。这样调查一遍才知道,巴赫家族的人口竟然增加了这么多,真是令人佩服。而且这些人都是音乐家,这么说来,'巴赫'这个名字在德国家喻户晓也就不足为奇了。"

制作完成的家谱贴在了餐厅的墙上。

这幅图对家里的孩子们——12岁的伊丽莎白、6岁的克里斯托弗·弗里德里希、3岁的约翰·克里斯蒂安——来说,是绝好的游戏道具。

孩子们无论是识字的还是不识字的,都背下了家谱中的名字,沉迷于猜地点、猜工作的游戏。

比如一个说"约翰·安布罗吉斯!",另一个就答"是爸爸的爸爸!艾森纳赫的城镇乐师!"。一个说"约翰·克里斯托夫!",另一个就答"爸爸的哥哥!奥尔德鲁夫的管风琴手!还有一个约翰·克里斯托夫是爸爸的伯父,艾森纳赫的管风琴手!"。

就这样,年幼的孩子们一边享受着游戏的乐趣,一边了解到开枝散叶的巴赫家族中各成员的名字和关系,明白了这个家族的人们从久远得难以想象的六世以前,就世代以音乐为天职。

当孩子们在这个特别的家族的家谱最下面一行看见自己的名字时,幼小的心灵里充满了强烈的自豪感和责任感。

家谱贴出来后不久,巴赫的远房亲戚约翰·尼古拉斯·巴赫给他写了一封信。

——约翰·尼古拉斯……哦,是克里斯托夫伯父的长子。他现在好像是耶拿的管风琴手。这么突然,有什么事吗?

巴赫对照着家谱和信上的名字,努力回想着那个比自己大16岁的远房堂哥的面容。刚打开信封,他立刻大声呼叫妻子。

"孩子他妈,玛格达莱娜!喂,得救了,伯恩哈德找到了!那家伙,他被耶拿的亲戚家收留了。说是伯恩哈德进了耶拿的大学!好心的约翰·尼古拉斯说要把他当作自己的儿子来照顾,真是太感谢了,太感谢了,甚至说将来要把他当作自己的继承人。"

巴赫得知自己失踪的三儿子竟就住在附近城镇的亲戚家后,这两年来一直萦绕心头的烦恼一下子便消除了。同时,他也深深后悔自己对三儿子的理解不够。

——可怜的孩子,原来伯恩哈德也想上大学啊……那孩子胆子小,没敢对我这么说。正因为我的想法太过肤浅,才让那孩子过早地走上了社会。那个孩子每天都过得那么辛苦。

现在开始也不晚,一定要走自己喜欢的路啊!

然而找到伯恩哈德的那份喜悦也没维持太久。来信仅四个月后,三儿子就因热病去世了,年仅24岁。

巴赫不得不在家谱中伯恩哈德的名字底下,亲手写下"1739"这串数字。

巴赫的家庭人数不断增加又减少,减少又增加,直到1742年,他的第20个孩子——玛格达莱娜的第13个孩子出生后,数字才终于稳定下来。

此时巴赫57岁。妻子玛格达莱娜41岁。留在家里的孩子,以34岁的长女凯瑟琳娜为首,加上最小不到1岁的女儿,一共有7人。其中,玛格达莱娜18岁的大儿子戈特弗里德是个一直保持儿童心智的孩子[1]。

巴赫变了。

他变得那么沉稳,和蔼,让人很难想象,他曾经是那么固执地和上司们激烈交锋,把假发扔到地上斥责合唱团,还那么固执地发声抗议。

"乐长先生也学会做人了啊。"

---

[1] 据相关资料,戈特弗里德患有轻微精神残疾,此处应为委婉说法。——译者注

"您是不是哪里不舒服啊？"

巴赫的上司们一看到他的脸就半带讽刺地这么说，但他只是默默地点头致意。

巴赫关心的只有音乐。必须重写的作品、必须归纳的器乐曲还堆积如山。除此之外，还有必须创作的音乐。

那就是管风琴曲。

管风琴曲是巴赫创作生活的根基，也是他从初出茅庐到现在创作欲望从未枯竭的领域。这是在教堂长大、在教堂工作、一生投身于音乐的巴赫应有的姿态。

在社会上，巴赫的名声达到了巅峰。

来自各个城市的管风琴演奏、试奏和鉴定的委托络绎不绝，但除了选帝侯的城市德累斯顿，他很少接受邀请。

反过来，来自德国各地的赞美者都想要一睹巴赫的风采，纷纷来到莱比锡，站在乐长的宅邸前。对于这样的人，巴赫很乐意与他们见面，他会毫不吝啬地弹管风琴给他们听，有时还会邀请他们在自己家里吃一顿简朴的晚餐。不过，当这些人回去后，巴赫马上又会对着五线谱进行改编和创作。

——像这样能够自己执笔的日子，还能持续多久呢？……

每当手下的音符渐渐模糊，看不清五根线之间的距离时，巴赫就会把目光投向远方，休息一下，然后这样问自己。

几十年来，巴赫一直在昏暗的蜡烛光下看着字体细小的乐谱，就算他的眼睛再怎么好用，视力也终于开始减退了。不知是不是心理作用，握笔的力气似乎也变弱了。

1747年，巴赫在62岁那年迎来了一生一次的荣耀。那年春天，他被邀请到普鲁士腓特烈大帝的宫廷进行演奏。

在大帝的请帖中，还附有二儿子埃马努埃尔的信。

埃马努埃尔早在10年前就成了腓特烈大帝的宫廷羽管键琴演奏者，在大帝的宫廷工作。正如巴赫所期待的那样，埃马努埃尔靠自己开辟了自己的道路，步步高升。不仅如此，他还以父亲为榜样，也建立了一个稳固的家庭。

继承巴赫性格最多的，或许就是这个自力更生的二儿子了。

凯泽林伯爵一直是父亲的赞美者，他热情地向大帝谈起了父亲。大帝发自内心地热爱音乐，他本人也是一位能吹奏笛子、创作乐曲的音乐家，伯爵的话让他非常感兴趣，他也经常向我问起父亲的事情。大帝想尽快听到父亲的演奏。请您务必尽早来到波茨坦，实现大帝的愿望。那个时候，也请父亲见一见前年出生的您的长孙，给予他祝福。

"真令人高兴啊,玛格达莱娜。我的野心消失了,荣誉反倒找上门来了。"

巴赫想起了埃马努埃尔刚刚在大帝的宫廷就职后,他马上就去到波茨坦时的情景。当时他对莱比锡已经心生厌恶,一心想赶快搬到腓特烈大帝的宫廷,怀着这样的野心,他在波茨坦停留了两个多星期。

"是啊。不过当时大帝正忙于与奥地利的战争,根本顾不上见你。而且我突发疾病,把你给叫了回来……"

"命运就是这样的。只要等待,时机总会到来。但是对于凯泽林伯爵的厚意,我无以为报。不管是上次成为萨克森选帝侯的宫廷作曲家,还是这次。他无论去到哪里,都不忘支持我。为了报答这份恩情,我也必须尽快前往波茨坦。"

巴赫打算明天就出发接受这一光荣的邀请。

巴赫5月初从莱比锡出发。

途中,他顺路去了哈勒,看看大儿子弗里德曼的情况。大约一年前,弗里德曼从德累斯顿搬到了哈勒,成为圣母教堂的管风琴手。对于长子,巴赫无法完全放下心来。毕竟,他刚搬到哈勒就被委托为一个重要的庆典创作音乐,当时他做了件荒唐事,把巴赫过去创作的一首受难曲当成自己的作品发表了。一般情况下应该不会有人注意到这一点,但不幸的是,在他演奏的时候,现场正好有一个人在莱比锡听过这首曲子并记住了,于是一切都暴露了。

"那家伙成天醉醺醺的,没时间自己写曲子,要不然怎么需要用到我写的东西呢?可怜的弗里德曼,错的不是他,而是酒。"

得知了这件事的巴赫,对世人和自己都这么说,拼命地袒护大儿子,但不管怎么袒护,事实终究是事实。他一手养大的大儿子,被他的名声压垮,沦落到不喝酒就活不下去的地步。以这件事为转折点,弗里德曼走上了自我毁灭的道路。不过,不知是幸运还是不幸,巴赫生前并没有看到他悲惨的样子。

巴赫在大儿子家住了几天,到达波茨坦时,是5月7日,树木绿意盎然。

但是,他没有时间到二儿子家去慢慢消除旅途的疲劳。大帝派来迎接他的使者已经在那里等候,巴赫马上就被安排坐上了去见大帝的马车。

——穿着这样的旅行装束,一路风尘仆仆地进入大帝的宫廷,他们会让我进去吗?哪怕让使者稍微等一下,也应该换上乐长服再来。

马车开动后,巴赫后悔不已,但事到如今,他已经没有勇气让马车回头了。而且巴赫很快就忘记了自己的服装这回事，因为窗外的景色太美了，他完全被吸引住了。

——哎呀！这太漂亮了。德累斯顿的宫殿也很了不起，但实在比不上这里的美丽。如画般的庭园，说的就是这样的地方。不愧是普鲁士的宫殿！不愧是腓特烈大帝的居所！

马车载着感叹不已的巴赫，爬上庭园正面的缓坡，停在宫殿的大门前。

从那里俯瞰大庭园，平缓的石阶、呈几何图案分布的园艺作物、冒着雪白水汽的大喷泉，构成了完完全全的和谐之美。宫殿耸立在眼前，中央的绿色圆顶在阳光下熠熠生辉。

这座宫殿正是腓特烈大帝不惜本钱建造的闻名全欧洲的圣苏西宫殿。

就在巴赫站在宫殿前因为这幅壮观景象而目瞪口呆的时候，宫殿的大厅里，大帝正站在自己的管弦乐队前，准备吹长笛。

大帝焦急地等待着巴赫的到来，等待的过程中他为了分散点注意力，决定自己吹吹长笛。

衣着华丽的贵族和他们的夫人们，像大朵大朵的鲜花一样排列在装有镜子的大厅里。大理石雕像和金光闪闪的吊灯把整个大厅装饰得富丽堂皇。大帝的长笛也闪烁着金色的光芒。

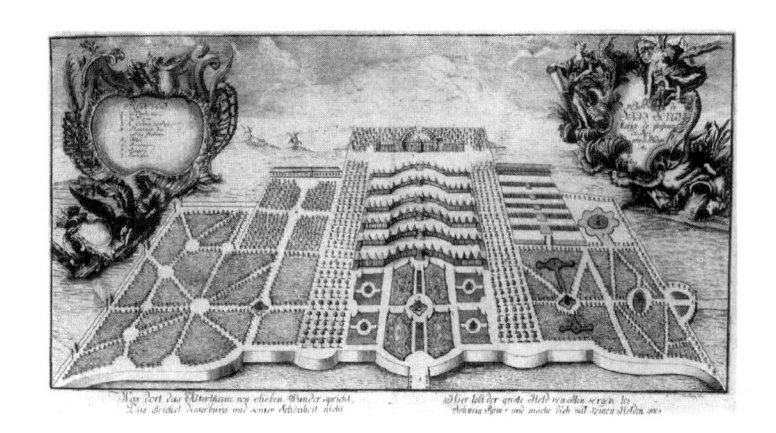

当时的圣苏西宫殿的竣工图。前面是广阔的庭园，里面是宫殿

就在大帝把嘴贴在长笛上,深深地吸了一口气的时候,侍从慌慌张张地跑了进来,向大帝递上了进宫者的名单。大帝瞥了一眼名单,用难掩兴奋的口吻向大厅里的所有人宣布:

"各位,老巴赫来了!期待已久的乐长巴赫来了!"

接下来的情况,就借用巴赫对家人和弟子们说的话来讲述吧。

"所谓伟大的人,说的就是那样的人。尽管我那么寒碜地进宫了,大帝却比别人更恭敬地迎接我,一开口就向我道歉,说没给我更换衣服的时间。周围的人看到我的样子都在窃笑,但大帝的蓝眼睛闪着光,他的笑容定格了一瞬间。仔细想想,大帝才三十五六岁,和埃马努埃尔差不了几岁。但王室出身确实是无可比拟的……然后大帝亲自给我带路,让我参观了整个宫廷,他指着放在大厅和音乐室里的大键琴(此时刚被发明出来的钢琴的前身)说:'我想让你演奏这些乐器,让我和我宫廷里的人的耳朵享受一番。'那些乐器都是西尔伯曼做的,我也很熟悉。更让我开心的是,我每弹一曲,大帝和宫廷里的人们都会大加赞赏,我的心情也一下子变得特别好。大帝连声说'不愧是巴赫!不愧是巴赫!',贵族们也说'就好像这里有两位国王一样'。我忘乎所以,把七台大键琴全部弹完后,对大帝说:'如果您能给我一个主题,我现在就当场为您作曲一首。'大帝立刻在空白五线谱上一口气写了一个简短的主题交给我。虽然以前听说过,但我此刻才知道他作曲的才华确实名不虚传,我很快就根据这个主题创作了三声赋格,弹给他听。下一天是管风琴,再下一天是大键琴,按照大帝的要求,我几乎每一天都在演奏中度过,那种光荣已经很久没有过了。不,那种光荣是我一生中都从未有过的。简直是有生以来最光荣的一次!"

几天后,回到莱比锡的巴赫,在应邀前往波茨坦的激动和兴奋尚未冷却的情况下,干劲十足地坐到了案前。

——如果说要给优秀音乐家大帝什么报答的话,那就只有向他奉献音乐了。

巴赫怀着感激之情,开始创作献给大帝的曲集。

当然,每首曲子都必须基于大帝给的主题。而且,必须是比他在波茨坦的宫殿里演奏的更精心、更完整的作品。还有,必须符合伟大的大帝的身份,严格遵守赋格的曲式……

巴赫满脑子都是各种各样的想法,他将大帝的主题发展成三声或六声赋格,再配上巧妙的装饰音,最终完成了总共13首曲子的曲集。其中有几首是要由长笛名手——大帝亲自演奏的。

巴赫花了整整六个月的时间写完这本曲集,把它刻在铜板上印刷,用漂亮的封皮包好乐谱的封面,然后在上面用漂

第九章 音乐的奉献　209

腓特烈大帝（1712—1786）

在圣苏西宫演奏笛子的腓特烈大帝

（阿道夫·冯·门采尔画）

亮的金字写上曲名——《音乐的奉献》。

《音乐的奉献》很快就被送到了波茨坦，但是收到这本书的大帝并没有表现出多大的兴趣。

大帝实在太忙于政治和其他事务了。此外，巴赫赠送的赋格集，对于大帝来说，要在工作之余演奏，难度太高了。不管怎么说，要解读那些赋格组合，需要具有专家水平的知识。

比起这些，大帝对这份礼物漠不关心还有更主要的原因。那就是，大帝感兴趣的是优秀的演奏家巴赫，而不是优秀的作曲家巴赫。因此，大帝对这位老师傅的好奇心在其几天的演奏中已经得到了十二分的满足。之后巴赫又写了几首曲子送给他，但大帝也没有太过感激。

就这样，自始至终，巴赫好不容易创作的《音乐的奉献》，在波茨坦的宫廷里一次也没有奏响，巴赫也没有收到任何感谢。

腓特烈大帝的这一态度代表了当时人们对巴赫的关心程度。尽管人们发自内心地赞叹巴赫手足并用的演奏技术，但并不能理解他的音乐出自何等伟大的天分。是因为巴赫演奏那些高难度技巧的样子看起来太轻松了吗？是因为他创作音乐的样子看起来太轻松了吗？总之，人们没有关注到巴赫背

《音乐的奉献》巴赫亲笔乐谱

后超乎常人的勤奋和努力,也没有注意到他音乐中不朽的生命力。

如果人们能正确理解这些事情,就会发现巴赫谱写的所有音乐,都是对全人类的伟大"奉献"……

CHAPTER 10 第十章

巨木倾倒之时

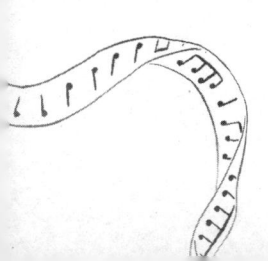

老巴赫在烛光下用眼过度,视力日渐衰退。

朋友们推荐外科名医为他做了两次手术……

他余下的家人们后来怎么样了,他留下的数量庞大的作品又去向何方呢?

巴赫已经不再指望他人的理解了。所以，虽然没得到腓特烈大帝任何答复，但他并未因此而受伤。

他的创作欲受到《音乐的奉献》的刺激，很明显地又见长了。

——我要倾尽我所有的知识和能力，创作出更高水平的作品。现在好像能写出来了。到了今时今日，好像终于能写出来了。

巴赫开始着手创作新的曲集：包含10个曲目的《赋格的艺术》。

这部作品如标题所示，采用了极其高超的艺术技巧，极有序地排列了赋格这一作曲样式。已经被誉为赋格大师的巴赫，怀着贯彻自己的艺术信条的心情进行了创作。

谱写这部曲集的时候，他的脑海里并没有什么切切实实的演奏。他只是一门心思地钻研，自己能从一个主题创作出多么丰富的音乐，用上多少知识和灵感。

——演奏《赋格的艺术》的人不管用什么乐器、用什么顺序、用什么节奏演奏都可以。不，反过来说，这些选择会成为演奏者的课题。也就是说，他们必须凭借自己的能力去理解这部作品所包含的意义和内容。这部《赋格的艺术》可以说是我留给后人的功课。

在这里,可以看到巴赫直到最后都是一位教育家。完成了巴洛克音乐形式的巴赫,满怀着将这种形式传承给后世的使命感,全身心地投入《赋格的艺术》的创作中去。

这样的巴赫,被年轻音乐家们称为越来越不受大众欢迎的老作曲家,也不是没有道理。

但是,别人也就算了,就连巴赫坚信是自己艺术的真正接班人的大儿子弗里德曼也说:"爸爸的音乐已经过时了。"

听儿子这么说,他很受打击。

——连那家伙也人云亦云了啊?真丢脸啊。原来弗里德曼是那样的人吗?

巴赫在痛不欲生的同时,也放弃了对长子的期待。

"怎么样,托马斯教堂乐长,您差不多该加入我们的音乐协会了吧?"

就在巴赫专注于创作《赋格的艺术》时,有个叫米兹勒(Lorenz Christoph Mizler)的老弟子来邀请他加入自己创立的"音乐科学协会"。

"已经快十次了吧,我每年都来请求您,可总得不到满意的答复。有名的音乐家几乎都已经入会了,亨德尔先生也成为第十一个会员了。"

巴赫对米兹勒的来访已经感到厌烦,但是最后这句话深深地打动了他。

"是吗?亨德尔先生也加入了?那我也要改变主意了。"

巴赫一直不喜欢米兹勒的故作姿态,也不喜欢入会就必须接受画肖像画的规定,所以很长一段时间都不愿意加入这个协会。但现在他最尊敬的亨德尔也加入了,那事情就另当别论了。

"是吗?亨德尔先生也加入了吗?他的音乐是超一流的。我运气不好,还未曾见过他。如果他也入会了的话,那我也加入吧。米兹勒先生,请再详细介绍一下入会规则。"

就这样,巴赫加入了米兹勒的"音乐科学协会",按照规定创作并提交了管风琴用的卡农[1]《我自天上来》,并交出了这首卡农的乐谱。他的肖像画就是以递出乐谱的姿势画的。

这幅如今最为常见的肖像画描绘了经历艰苦奋斗的 62 岁的巴赫,再没有比这更有说服力的了。

曾经大而有神的双眼,因为每晚作曲的疲劳而变得凹陷、

---

[1] 卡农,指多个相同旋律不断重复追逐一个旋律的音乐。

浮肿，曾经如"一"字般美丽的嘴角，也似乎歪曲了，被埋没在厚实的下巴里……世人的无知和不理解，让巴赫曾经爽快开朗的表情变得如此严肃顽固。

但是，现在看到这幅肖像画的诸位，应该很清楚巴赫绝非那种难以接近的人。仅凭这幅画中那沉痛的眼神，我们就能在倍感同情的同时，感受到他是一个比别人更容易受伤的人。

肖像画绘制完成两年后，玛格达莱娜的大女儿伊丽莎白与巴赫多年的弟子阿尔特尼柯尔（Johann Christoph Altnickol）结婚了。

婚礼的前一天晚上，乐长宅邸举行了多年未有的家庭音乐会。聚集在一起的家人和学生们演奏了巴赫过去为利奥波德亲王写的《结婚康塔塔》。

"很美好的音乐，很清新的音乐。亲爱的，伊丽莎白很漂亮。不知为什么，我想起了过去，眼泪停不下来。"

玛格达莱娜站在一边弹着羽管键琴一边指挥的巴赫旁边，演唱的间隙不停地擦拭着眼泪。

第二天早上，伊丽莎白和阿尔特尼柯尔在圣托马斯教堂举行了婚礼，然后冒着雪向瑙姆堡出发了。巴赫帮助阿尔特尼柯尔当上了那座城市的管风琴手，作为送给两人的结婚礼物。

又过了一年，18岁的克里斯托夫·弗里德里希成为比克

62岁的巴赫

堡的宫廷音乐家,离开了家。

就这样,最后留在家里的孩子有42岁的大女儿凯瑟琳娜、26岁的戈特弗里德、14岁的约翰·克里斯蒂安,以及13岁和8岁的女儿,一共5人。

"有一段时间,孩子们和弟子们加起来有20人之多呢,这个家越来越冷清了呀!"

玛格达莱娜一一抚摸着宽敞的音乐教室里的众多乐器,对坐在房间一角面对着五线谱的丈夫说。

这个时候,巴赫家里有三架特别漂亮的大键琴、两架羽管键琴、两架大型羽管键琴、一架斯皮内琴(没有琴腿的台式羽管键琴)、三把小提琴、三把中提琴、一把五弦大提琴、两把大提琴,以及吉他和短笛各一。这些乐器是巴赫攒钱逐一买回来的,以前每天晚上都用这些乐器举办家庭音乐会。

"没关系的,玛格达莱娜。孩子长大了当然要离开家。离开一个,咱们的使命也就完成了一个。这么一想,我反而更担心留下的孩子们。特别是约翰·克里斯蒂安,那孩子特别有天分,将来一定会成为优秀的音乐家,但我不知道自己能不能活到他成年。以防万一,我想趁现在给那孩子留下点什么,可是我没有什么可以称之为财产的东西,有的也只是乐器了吧。玛格达莱娜,我想把这三架特别制造的大键琴留给约翰·克里斯蒂安。如果我突然死了,你就是证人,这样他们兄弟间就不会争抢了。"

"我明白了，亲爱的。"

玛格达莱娜向丈夫这样发誓，同时为巴赫的财产只有这些乐器而感到很是心痛。

——明明那么拼命地工作，为了音乐和孩子付出了那么多，毫无私欲，从不奢侈，剩下的竟然只有这些东西。这个世界，一定是哪里出了问题……

随着年龄增长，巴赫的眼睛状态越来越差，后来几乎丧失了视力，进出房间都要摸索着才能找到门口，坐到教堂的管风琴椅上也要依靠学生的帮助。即使在这样的情况下，只要眼睛状态稍微好一点，他还是会把五线谱拿到光线好的地方继续作曲。

玛格达莱娜看着几乎把脸贴在五线谱上写下细小音符的丈夫，忍不住心疼地说道："亲爱的，还是不要再写了吧……让弟子们执笔不就好了吗？"

巴赫眨着眼睛抬头看妻子，回答道：

"玛格达莱娜，只要能看到一点，我就必须写。其他人是无法照我的意思写的。"

巴赫的眼睛开始成为人们议论的话题，街头也流传着他的身体状况变得非常糟糕的说法。

"那个乐长,终于完蛋了。"

"听说他是中风了。"

"哎呀,那样的话他就真的完了。那个人让我们伤了这么多脑筋,现在终于该考虑下一个人选了。"

听到巴赫生病的消息后,市里的官员半是头疼,半是安心,马上开始讨论起继任者的问题。

"关于这件事,其实德累斯顿宫廷的大臣推荐了一个人。"

"哦?那么托马斯教堂乐长生病的事,选帝侯也听说了吧。推荐的是什么样的人呢?"

"信上说,是德累斯顿的指挥家哈雷尔,是个非常优秀的音乐家。"

"那太好了。如果是这样的话,就相当于选帝侯的命令了。我们应该马上给他安排考试。"

"嗯,马上就这么办吧。但愿那个哈雷尔是个好掌控的人。"

"说得对,说得对。"

就这样,莱比锡的市议会以"考虑巴赫去世的情况"这一极其无礼的名义,为继任者安排了考试日期,并把他从德累斯顿叫了过来。

哈雷尔兴致勃勃地来了,当场就演奏了康塔塔。

——考虑巴赫去世的情况?说什么蠢话。我明明还这么活蹦乱跳的。

巴赫亲眼看着市里安排自己死后的事宜，震惊的同时也被激起了强烈的斗志。

——看着吧，我可没那么容易死。不能让这群人得逞！

巴赫在弟子们的帮助下，比以往更加出色地完成了安排给乐长的工作。

在巴赫这样坚持了将近一年后，哈雷尔失望地回到了德累斯顿。

"托马斯教堂乐长的执着令人惊讶。"

"看来，继任者问题还是得等巴赫去世后再解决了。"

面对巴赫的拼死抵抗，市议会不知道第几次缴械投降。

"巴赫先生，您还不能放弃啊！其实我刚刚听到了一个好消息！"

哈雷尔离开几周后，巴赫的一个朋友跑进乐长宅邸，这样对他说。

"哦？是什么好消息？"

巴赫从写到一半的乐谱上抬眼看着访客，他的眼睛里只能模糊地映出这位朋友的身影。

"巴赫先生，您的眼睛，您的眼睛啊！这可是恢复正常视力的绝好机会！您也听说过吧？那个有名的眼科医生泰勒博士，据说只要是由他做手术，不管病成什么样都能重见光明！

据说这位泰勒博士从英国过来了，3月底会经过莱比锡，这不就是上天特意为您安排的吗？巴赫先生，趁此机会，请您一定要让泰勒博士为您做个手术，这样您的眼睛就能恢复原来的样子了！"

"我听说过泰勒殿下的传闻，但真的会有那样的奇迹吗？……那些传闻都是半真半假的。"

巴赫对医生建议的手术半信半疑，而且还听说做那个手术要花很大一笔钱。

——如果要做那个手术的话，就得花光我手上仅有的一点积蓄。而且，那并不能保证眼睛一定能恢复原状。万一失败了，那就是血本无归。这样一来，玛格达莱娜和孩子们就得流落街头了。这件事还是算了吧。

巴赫正为是否做手术犹豫不决时，朋友们一个接一个来说服他。

"请相信泰勒博士。"

"再这样下去，您的眼睛可就完全看不见了呀。"

"这就是千载难逢的机会，怎么能放过这么幸运的机会呢？"

在大家的极力推荐下，巴赫终于决定赌一把。

"玛格达莱娜，我想做个手术试试看。就像大家说的，这可能真的是最后的机会了。"

面对直到最后都不太支持他做手术的妻子，巴赫这样说道。

巴赫的眼部手术是在 1750 年 3 月 28 日进行的。

从英国来的著名的泰勒博士带着几个助手和许多器材来到乐长的宅邸，在巴赫的卧室里为他的眼睛做了手术。

手术做得很粗暴，也没打麻醉，巴赫攥紧了颤抖的双手，忍受着剧痛。

漫长的手术结束后，泰勒博士为巴赫戴上眼罩，向他保证说视力一定会恢复，然后就信心满满地回去了。

但是，3 天后博士过来取下眼罩一看，巴赫的眼睛却完全看不见了。

——变差了！比以前更差了！以前还能隐约看到四周的景象，现在却什么都看不见了！

巴赫在心中发出绝望的呐喊，但为了不让周围的人担心，他一句话也没说出口。

"嗯，这种情况偶尔会发生，在这种情况下，需要再做一次手术。"泰勒博士坚定地断言道。看到他充满自信的态度，朋友们建议巴赫再做一次手术。

巴赫这次似乎有些破罐破摔了，老老实实地听从了人们的建议。

第二次手术安排在 4 月 5 日，然而还是失败了。巴赫从此彻底失明。

到了这个地步，泰勒博士还是说："只要继续服用这种药，就会慢慢恢复。"他给了玛格达莱娜大量的药物，以手术费为名拿走了巴赫几乎所有的积蓄，回到了英国。

六七年之后，这位不靠谱的眼科医生又在英国为亨德尔的眼睛进行了手术，不仅同样导致他失明，还谎称自己让巴赫和亨德尔都恢复了视力。

巴赫的身体因为手术中使用的大量烈性药物，以及之后持续服用的药物的强烈副作用，显而易见地日渐虚弱。

玛格达莱娜在丈夫的病床前寸步不离，既后悔让他做了手术，又心疼他被病痛折磨，泪流不止。但是巴赫现在已经看开了一切，反而因为死期临近而放松下来。

"不要难过啊，玛格达莱娜。"

巴赫反过来安慰妻子，并拜托她不要哭泣，而要为自己诵读《圣经》。

即使在病床上饱受折磨，巴赫也没有放弃作曲。他把闻讯赶来的女婿阿尔特尼柯尔和住在自己家里的弟子穆特尔（Johann Gottfried Muthel）轮流叫到枕边，不断用口述的方式修改管风琴曲。那是巴赫在魏玛时代创作的 18 首管风琴曲集（《圣咏曲》），现在要修订的只剩下最后几首了。

巴赫在完成一件件工作的同时，产生了一种不可思议的安心感，仿佛自己的灵魂正一步一步地离开这个世界。

——对我来说，走向死亡一点也不可怕。即使失去了视力，我也要睁开残存的心灵之眼，珍惜时光，活到最后的那一刻。

进入7月，天气越来越热，手术后的伤口发了炎，高烧和痛苦向巴赫袭来。他躺在床上，无法入睡，经受着持续的折磨。玛格达莱娜陪在床边，为丈夫擦汗，握紧他的手，不断祈祷着让他的痛苦赶快消失。

在这样的痛苦中，巴赫的灵魂从痛苦中得到解脱，穿梭在各种各样的回忆中。

在疼痛难得远离的一天下午，巴赫终于久违地睡了个好觉。在睡梦中，他变回了小时候的模样。

他一鼓作气地冲出家门，跑下艾森纳赫的坡道。

他打开位于小镇中央的圣乔治教堂的大门，被流淌进耳朵里的管风琴声感动得伫立在原地。弹管风琴的不是别人，正是他尊敬的伯父约翰·克里斯托夫。伯父手把手地教他弹管风琴的方法，还鼓励他说："将来你也要成为一名优秀的管风琴演奏家。"当时巴赫是多么高兴和光荣啊！当他再次爬上坡道，向在家的父亲报告这一情况时，父亲又给予了他多大的温暖和鼓励啊！

"是啊，你不要像我这样就当个城镇乐师，而是要成为像你伯父那样伟大的管风琴师。不，你说不定能成为更伟大的人，甚至能成为宫廷乐师或乐长。因为你很努力。"

这样鼓励儿子的好父亲，还有和父亲一样温柔的母亲，她以城镇乐师那微薄的收入，毫无怨言地支撑着这个庞大的家庭。他们都在巴赫不到10岁的时候就相继离开了人世。

"爸爸……妈妈……"巴赫在梦中，反复呢喃着这五十多年都没有再叫出口的词语，真令人怀念。

这个时候，巴赫的脑海中清晰地浮现出了他的出生地艾森纳赫的景象。

艾森纳赫坐落在空气清新的山腰上。从镇上可以仰望山顶的瓦尔特城堡。那个时候，父亲被宫廷临时雇佣，他总是抱着小提琴，沿着清晨还很昏暗的山路往上爬，母亲拉着巴赫的手站在那里目送父亲的背影，直到消失不见。还有星期天的圣乔治教堂，伯父弹的管风琴响彻整个教堂，父亲拉的小提琴声消散在天花板上的天使画里，巴赫的高音歌声在壁画上飘荡开去。父亲、母亲和镇上的人们温柔地对他说：塞巴斯蒂安，你唱得真好。塞巴斯蒂安，你真棒。塞巴斯蒂安，不愧是巴赫家的孩子。塞巴斯蒂安，塞巴斯蒂安……

——人都会像这样回到出生的地方吗？……

在痛苦中醒来的巴赫急忙把阿尔特尼柯尔叫到床边,想让他记下刚才在梦中响起的音乐。

"你听好,就把这首歌作为我的管风琴合唱前奏曲集中的最后一首曲子吧。"

巴赫在断断续续的喘息声中口述了那美妙的旋律,然后像竭尽了全力一般地叹了口气,用几乎听不见的声音喃喃道:

"这首曲子的名字叫《在汝宝座前》,这就是我在这个世界上留下的最后的音乐……"

接下来的几天,巴赫的身体迅速衰弱了下来。

但是,7月18日那天,他突然恢复了视力。

"玛格达莱娜……约翰·克里斯蒂安……伊丽莎白……阿尔特尼柯尔……"

巴赫目不转睛地瞪大着因疼痛而渗出泪水的眼睛,贪婪地盯着床边家人们的脸。

这是上天赐予巴赫最后的礼物。

几个小时后,他因病痛剧烈发作而失去了意识。是中风。

十天后的1750年7月28日,约翰·塞巴斯蒂安·巴赫离开了人世。

享年65岁零4个月。

巴赫艺术的最后证明——《赋格的艺术》被搁笔在第239

小节，没有完成。

巴赫即使在病榻上，心中仍惦记着这部作品，但唯有这项工作，他不想用口述的方式来完成。唯有《赋格的艺术》，即使借助再优秀的弟子的手，也无法将其写下来。

但这件事对巴赫而言或许已不是遗憾。

他活着、学习、工作、保护家人，在倾注了所有的力量之后，就像倾倒的巨木一般，被上天召唤而去了。

巴赫的遗体被葬在圣约翰教堂的墓地。

负责送葬的牧师为死者送上了这样美好的悼词："波兰国王兼萨克森选帝侯宫廷作曲家，圣托马斯教堂的乐长，高尚而尊贵的约翰·塞巴斯蒂安·巴赫安详地长眠于此。"

但市里的官员们并不认为巴赫的死是多大的损失。

他们打心底里松了口气。

"巴赫的确是个伟大的音乐家，但他不适合当老师。"

"我们需要的是乐长，而不是乐团指挥。"

他们满不在乎地说着鞭笞死者的话，马上把回到德累斯顿的哈雷尔叫了回来，让他接替巴赫的工作。

留下的家人分得了为数不多的财产。说是财产，不过是近二十台乐器和数量庞大的乐谱而已。其中，根据玛格达莱娜的证词，三台大键琴送给了小儿子约翰·克里斯蒂安，其余的乐器和乐谱，三分之一归玛格达莱娜，三分之二由另外的孩子们平分。先不论乐器，乐谱几乎卖不了钱。即使到了这个时候，巴赫的名声依旧是优秀的演奏家，而不是优秀的作曲家。

市议会向遗属通报，半年后必须把乐长宅邸给让出来。

按照巴赫家族的传统，儿子们会被亲戚家收养。

玛格达莱娜和四个女儿把剩下能卖的东西都给卖了，就连金子和玛瑙做的烟灰缸——那是玛格达莱娜最后用以缅怀丈夫的——也没留下。她们带着仅剩的一点炊具，搬到了莱比锡的某个屋檐下。

不知道她们在那之后忍受了多少贫困和孤独。

我们知道的是，后来连市议会都看不下去了，花了40塔勒从玛格达莱娜手上买来了巴赫的乐谱。在巴赫死后的第十年，玛格达莱娜去世，由市政府出资为她举行了最低级别的葬礼，作为贫民被葬在了市政府的无名墓地。

还有巴赫的儿子们。生来就是音乐家的他们，之后的命运各不相同。

大儿子弗里德曼经历了无数失败和放荡之后，74岁时在贫困中死于柏林。

二儿子埃马努埃尔在腓特烈大帝的宫廷里工作了28年，

之后被任命为汉堡市的音乐指导，在荣誉与名声的包围中度过了安稳的一生，享年 74 岁。

在比克堡的小宫廷工作的克里斯托夫·弗里德里希，从 18 岁到 63 岁去世，一直都在同一个宫廷工作。

还有小儿子约翰·克里斯蒂安。这个儿子在父亲去世时才 15 岁，后来被埃马努埃尔收养。和从未踏出德国一步的父亲相反，长大成人后，他的足迹遍布米兰、那不勒斯等地，27 岁时住到了伦敦。他被人们称为"伦敦的巴赫"，取得了辉煌的成功。

但是到了儿子们的孩子那一代，成为音乐家的就只有一个人了。

这个人就是克里斯托夫·弗里德里希的儿子威廉·恩斯特。在这位平凡的人死后，这个家族就再也没有音乐家存活于世了。就这样，曾经响彻整个德国的"音乐家巴赫"的名字，在巴赫死后不到半个世纪就已经消失，被人们遗忘了。

巴赫的作品也面临着同样的命运。

巴赫生前留存下来的作品多达 1080 首。管风琴曲约 250 首，教堂康塔塔约 200 首，大键琴曲远超 200 首，室内乐曲、管弦乐曲 70 首。还有众多世俗康塔塔、弥撒曲、受难曲、器乐曲……种类涉及巴赫所在时代的几乎所有音乐领域，数量之多足以证明他每天都在以极大的精力创作着。

而且，这个惊人的数字还只是留存下来的作品数。

记忆力好的人也许还记得，巴赫仅教堂康塔塔就创作了近300首。它们的日期和曲目，在市里的账簿上都有详细的记录。与此同时，市里对于巴赫做的这些非凡的工作，除工资外一分钱也没有支付。不过，留存下来的教堂康塔塔只有大约200首。这个损失的大部分责任必须由弗里德曼来承担。作为大儿子，他获赠的康塔塔最多，但几乎都以很便宜的价格卖掉了，到最后还白送给了别人。直到最后，弗里德曼都没有满足父亲对其的期待。

巴赫作品的令人痛心的损失，部分原因也和玛格达莱娜有关……

但是，在这件事上，又有谁会责怪可怜的玛格达莱娜呢？她得不到已离家的儿子们的帮助，在贫困和孤独中生活了10年，只能以割骨剜肉般的心情卖掉丈夫的作品来糊口。但据说她直到死都没有出手丈夫倾注最大心血的《马太受难曲》的乐谱。《马太受难曲》是她唯一的宝藏，也是丈夫的化身。

没有人知道玛格达莱娜死后《马太受难曲》是如何从她身边被带走，又是如何被制作成完整的谱子，被保存到了柏林合唱团——柏林声乐学院的图书室里的。

但是，在巴赫死后第85年，门德尔松来到莱比锡，从那时起，被遗忘已久的巴赫开始被这座城市的人们念起，巴赫

大儿子弗里德曼

二儿子埃马努埃尔

小儿子约翰·克里斯蒂安

的音乐也以爆发性的势头在莱比锡城里复苏。

圣托马斯教堂自不必说,在市里所有教堂都发现了巴赫的作品,这有什么好奇怪的呢?在市里和大学的图书馆发现了一大堆巴赫的乐谱,这有什么好奇怪的呢?在喜爱音乐的市民家中发现了巴赫亲笔谱写的欢快的歌曲和器乐曲,这又有什么好奇怪的呢?

这些作品经过著名指挥家、演奏家门德尔松之手,由全世界数一数二的交响乐团布商大厦管弦乐团,以及巴赫精心培育并传承给后代的托马斯合唱团来进行重新演绎,那一刻,莱比锡人第一次见识到了巴赫的音乐,领略到了其伟大、崇高和深奥之处。

没过几年,与巴赫有关的地区和教堂就竖立起了巴赫的铜像,专门研究巴赫数量庞大的作品的巴赫协会成立了,全德国人都知道了,在莱比锡曾经有一位伟大的音乐家,胜过这世上所有天才,他就是约翰·塞巴斯蒂安·巴赫。正是他的音乐,在150年的巴洛克音乐历史的巅峰上闪闪发光。[1]

---

1 本书是在 Librio 出版社 1981 年出版的作曲家系列故事《巴赫》的基础上增补修订而成的。

参考文献

[1] 盖林格(Geiringer)著,角仓一朗译:《巴赫的人生与音乐》,白水社,1970年。

[2] 渡边健、角仓一朗编:《巴赫颂》,白水社,1972年。

[3] 瓦尔特·费特尔(Walter Vetter)著,田中义弘译:《乐长巴赫》,白水社,1979年。

[4] 角仓一朗著:《大音乐家巴赫的为人与作品》,音乐之友社,1963年。

[5] 伊莫根·霍尔斯特(Imogen Holst)著,大津阳子译:《巴赫》,全音乐谱出版社。

[6] 安娜·玛格达莱娜·巴赫(Anna Magdalena Bach)著,山下肇译:《巴赫的回忆》,大卫社,1967年。

[7] 《音乐手帖·巴赫》,青土社,1979年。

[8] 皆川达夫著:《巴洛克音乐》,讲谈社现代新书,1972年。

[9] 成濑治著:《路德与宗教改革》,诚文堂新光社,1980年。

[10] 雅克·德洛兹(Jacques Droz)著,橡川一朗译:《德国史》,白水社,1952年。

[11] 福原信夫著:《欧洲音乐之旅导游》,音乐之友社,1974年。

[12] 樋口隆一、田中学而著:《巴赫之旅》,音乐之友社,1986年。

[13] 音乐之友社编:《音乐与美术之旅指南书(德国)》,音乐之友社,1998年。

后　记

　　写巴赫的故事时，我心里总是充满了敬佩之情。

　　现在这个时代，还有人能像巴赫那样勤学、认真、无私无欲地生活吗？这种操守不仅体现在作曲和演奏中，也体现在他的日常生活中——为人正直，绝不容忍不公、谎言和懒惰。因此被人说是"老顽固""油盐不进"等等，说起来也是颇为无奈。但大家都知道，他这样严肃的性格源自其早年失去双亲、独自生活的青少年时代。

　　因此，正在当地走访的我，也愿向各位介绍与巴赫有关的地区的现状。

　　巴赫出生、多次转职的地方集中在德国中部的图林根地区。著名的音乐家族巴赫家族在这片土地上扎根了两个多世纪。如今，这些城镇和城市被铁路和高速公路连接了起来，但以城堡和教堂为中心的城镇和村庄的悠闲景象，几乎还维持着巴赫时代的原样。

旅程的起点是巴赫的故乡艾森纳赫。这是一座坐落在半山腰、保留着中世纪风貌的宁静小镇。巴赫出生于1685年3月21日，是城镇乐师安布罗修斯的第八个孩子，也是最小的孩子。原来位于路德大街的故居已经不复存在，取而代之的是多年来被认为是其故居的面向圣母广场的二层小楼，如今已成为"巴赫博物馆"。家中展示了许多乐器、家具，可以看出其父亲拥有相当数量的弟子和助手。巴赫从小就跟从父亲学小提琴，随着在镇上教堂担任管风琴师的伯父约翰·克里斯托夫学管风琴，在圣歌队中演唱美丽的男高音。在这座博物馆旁边矗立着一尊在巴赫诞辰200周年时建造的巴赫雕像，雕像拿着羽毛笔和五线谱，仰望着山顶的瓦尔特城堡。

16世纪初，宗教改革者马丁·路德就是在这座城堡里完成了将《圣经·新约》翻译成德语的伟大事业。巴赫生长在与路德有关的艾森纳赫，成为虔诚的路德派信徒也是理所当然之事。

但是幸福的童年时光并没有持续下去。巴赫刚9岁时，母亲就去世了，不到一年，父亲也去世了。成为孤儿的他被年长14岁的哥哥收养,哥哥在奥尔德鲁夫当管风琴手。在那里生活的5年间,他一边接受哥哥正规的音乐教育,一边在教堂和镇上唱歌赚钱,帮助有小孩的哥哥维持家计。在迎来15岁生日之前,他前往德国北部的大城市吕讷堡,加入圣米歇尔教堂的合唱团,半工半读,度过了2年的时光。从那里毕业后,他在魏玛宫廷当了三个月小提琴手,然后搬到阿恩施塔特,成为一名独立的教堂管风琴手。那时他18岁。

阿恩施塔特是一座坐落在平原中的宁静城镇,这里也仍然保留着中世纪的风景。巴赫工作过的新教教堂现在被称为"巴赫教堂"。虽然教堂很小,但管风琴是金色的,上面装饰着天使和唐草纹样的雕刻。

正是用这架管风琴,血气方刚的年轻人巴赫弹出了雷声震天的新作《托卡塔与赋格》,令前来做礼拜的信徒们大吃一惊,他和吹大管的年轻人大闹一场,把上司们弄得胆战心惊。教堂后面的公园一角还留有巴赫住过的小房子,现在是"巴赫博物馆"。这里最珍贵的展示物应该是巴赫日夜使用的管风琴演奏台。这座和人差不多高的木制演奏台,曾经被嵌在那一排排金色的音管之下,巴赫的双手和双脚就在这些音管和踏板上飞舞。

巴赫在4年后离开了阿恩施塔特,但辞职之前,他已经在更大的城市米尔豪森、更大的圣布拉修斯教堂找到了一份管风琴师的工作。后来他也一直如此，跳槽的时候一定会确保已经找到了下一份工作，并且音乐家的地位也会得到提高。他很早就掌握了可靠的处世之道，而且他的才能有目共睹。在米尔豪森，他被卷入教堂之间的斗争，仅仅一年就辞职了。当然，他曾短暂工作过的魏玛已经等待着他前去就职。

这次巴赫获得的是魏玛公国宫廷礼拜堂管风琴师兼宫廷乐师的光荣职位。他在这里待了9年之久，其间创作了120多首管风琴曲和近20首康塔塔，作为管风琴名家名声远扬。他和第一任妻子玛丽亚·芭芭拉在这里建立了幸福的家庭，生了6个孩子（其中2个在出生当天就去世了）。

然而，生活并非一帆风顺。巴赫被迫卷入公爵和其侄子的纷争之中，晋升宫廷乐长无望，作为对"在侄子的宫廷演奏"罪名的惩罚。失去干劲的他没有告诉公爵就擅自签订了科腾的宫廷乐长契约，这更加惹怒了公爵，因此被关进了牢里，但最终还是"坚持意志"的他获得了胜利。

魏玛并未留下巴赫的足迹。他工作过的宫廷礼拜堂在1774年被大火烧毁了大半，现在只剩下一座塔。他居住过的宫殿前的小房子也不见了，只有一座新的建筑物上挂着纪念牌。魏玛现以歌德、席勒等文豪和作曲家李斯特而闻名。

巴赫在科腾度过了一生中最辉煌的5年。科腾是位于莱比锡以北50公里的小镇，君主利奥波德亲王的城堡很小。但亲王却是位优秀的音乐家，他组建了由18名著名演奏家组成的宫廷乐团。

巴赫日夜以他们的演奏为灵感创作器乐曲。全世界的音乐家都知道，演奏这些曲子需要多么高超的演奏技术和音乐技巧。

现在科腾城堡每年都会举行"巴赫音乐节"，曾经巴赫和宫廷乐团演奏所在的"王座厅"（现在的镜厅）成为音乐会的举办场地。另外，在科腾历史博物馆中也设有"巴赫纪念室"，介绍巴赫在科腾的活动。巴赫在这里失去了因病去世的妻子玛丽亚·芭芭拉，然后与自己真心敬爱的年轻歌手安娜·玛格达莱娜再婚，过着幸福的生活。但是，为了在剩下的人生中实现为音乐献身的夙愿，也为了三个儿子的未来，38岁时他搬到了莱比锡，投入了托马斯教堂乐长的繁重工作中。

莱比锡现在作为"巴赫之城"，吸引着来自世界各地的巴赫巡礼者。他们首先要去的是圣托马斯教堂，那是一座中等规模的教堂，外观给人一种严肃的感觉，教堂内也是灰墙、红褐色柱子的朴素风格。圣坛下面有安葬巴赫灵柩的坟墓（在他逝世200年后的1950年，从圣约翰教堂墓地移到这里），以及巴赫家12个孩子接受洗礼的洗礼台。正对着圣坛的后方廊台上耸立着用金框装饰的管风琴。一想到巴赫在这里演奏了27年管风琴，指挥康塔塔，带领托马斯合唱团唱歌，我就激动得热血沸腾。

教堂南侧矗立着1908年建造的巨大巴赫立像，教堂后方是由门德尔松在1843年发起建造的巴赫半身像。

教堂旁边还有展示巴赫的大量资料的"巴赫博物馆"，这里也会举行小型音乐会。

现在的托马斯教堂乐长是第32任的史瓦兹先生，我过去来采访的时候，乐长是第30任的罗彻先生。在参观了托马斯合唱团的练习后，我又询问了很多情况。

首先是巴赫。"巴赫是第11任乐长，但像他这样既能作曲又能演奏、指挥的乐长是史无前例的。就像再也不会出现像巴赫这样伟大的人物一样，也再不会出现像他的音乐这样伟大的音乐了。巴赫的音乐超越了时代和国家，震撼了整个人类历史。"

接下来是托马斯合唱团。"托马斯合唱团是唯一继承巴赫传统的合唱团，也是莱比锡的招牌。团员都是10岁到18岁的少年，保持着古老的传统，在寄宿学校接受音乐和普通教育。这些孩子都是被学校和音乐老师推荐并通过面试的非常有天赋的孩子，在练习和学习之余，他们还要参加音乐会、录音和演奏旅行，每天都非常忙碌。他们在音乐以外的方面也表现得很优秀，毕业后成为音乐家的只有少数，有的成为医生，有的成为建筑师……正如巴赫说过的，音乐优秀的孩子在其他方面也很优秀。"

巴赫的教堂音乐、宫廷音乐、世俗音乐、教程等领域涵盖了所有种类的乐器。尽管如此，他最爱的乐器还是管风琴。我自己也与被称为"小提琴家的圣经"的《无伴奏小提琴奏鸣曲与组曲》进行过较量，从中深刻体会到，即使是小提琴独奏曲，巴赫也始终在追求管风琴的音色。能演奏出那样的音色的，只有出色的小提琴家。

最后，我要借这个后记，向以下各位表示衷心感谢：协助我在德国采访的歌剧演唱家斋求先生，接受采访的乐长罗彻先生和托马斯合唱团，赏识这本传记故事的人——原版 Librio 出版社的石井昭先生、田中庸友先生、片山绿先生，以及助力新版问世的雅马哈音乐娱乐控股公司的河西惠里女士。

日野圆

2019 年 2 月

巴赫的人生轨迹与历史事件

（左列括号内数字表示当年的年龄）

公历（周岁）	巴赫的人生轨迹	历史事件
1685年	3月21日，出生在艾森纳赫，成为城镇乐师父亲安布罗修斯和母亲伊丽莎白的第八个孩子（最小的孩子）。	牛顿发表万有引力理论。（1687年）
1693年（8岁）	进入教堂附属拉丁语学校。一边跟着父亲学小提琴，跟着伯父学管风琴，一边在圣歌队唱歌（男高音）。	
1694年（9岁）	5月3日，母亲伊丽莎白去世。	
1695年（10岁）	2月20日，父亲安布罗修斯去世。被在奥尔德鲁夫做管风琴师的长兄（比他年长14岁）收养。他一边接受哥哥的音乐教育，一边在教堂担任圣歌队队员，以帮助补贴家用。	

续表

公历（周岁）	巴赫的人生轨迹	历史事件
1700年（15岁）	3月，搬到吕讷堡。加入圣米歇尔教堂合唱团的同时，成为教堂附属学校的免费生。开始创作管风琴曲和大键琴曲。	普鲁士王国成立。（1701年）同年，西班牙王位继承战争爆发。（直到1714年）
1703年（18岁）	毕业于米歇尔学校，4月起担任了三个月魏玛的宫廷小提琴手，8月，成为阿恩施塔特的教堂管风琴手。开始创作康塔塔。	
1705年（20岁）	10月，为了听著名的管风琴演奏家布克斯特胡德的演奏，请了一个月假期，步行前往370公里外的吕贝克。	
1706年（21岁）	1月底返回阿恩施塔特。结果，因为无故缺席了四个月，又演奏了不适合礼拜的《托卡塔与赋格》，遭到教堂批评。	
1707年（22岁）	辞去阿恩施塔特的工作，6月，成为米尔豪森圣布拉修斯教堂的管风琴手。10月，与玛丽亚·芭芭拉结婚。	不列颠王国成立。亨德尔赴意大利留学。（1707年）
1708年（23岁）	6月，辞去米尔豪森的职位。7月，移居魏玛，成为宫廷礼拜堂管风琴手。12月，大女儿凯瑟琳娜出生。	
1710年（25岁）	11月，大儿子弗里德曼出生。	法国凡尔赛宫竣工。（1710年）普鲁士腓特烈大帝出生。（1712年）

续表

公历（周岁）	巴赫的人生轨迹	历史事件
1714年（29岁）	二儿子埃马努埃尔出生。他被任命为魏玛宫廷乐团的乐师长。在此期间，创作了多部康塔塔。	
1715年（30岁）	5月，三儿子伯恩哈德出生。	法国路易十五即位。（1715年）
1717年（32岁）	以违抗魏玛君主的罪名被关在牢房里四个星期。辞去魏玛的工作，成为科腾的宫廷乐长。	亨德尔创作《水上音乐》。（1717年）
1719年（34岁）	5月，为了见亨德尔前往哈勒，但因为差了一步而没能见面。	
1720年（35岁）	1月，开始创作《弗里德曼·巴赫的钢琴小曲集》。7月，妻子玛丽亚·芭芭拉突然去世，留下四个孩子。	
1721年（36岁）	创作了《勃兰登堡协奏曲》（共6曲）等大量宫廷音乐。12月，与安娜·玛格达莱娜再婚。君主利奥波德亲王也结婚了，但是因为王妃对音乐不感兴趣，亲王疏远了音乐。	
1722年（37岁）	开始创作《安娜·玛格达莱娜·巴赫的钢琴小曲集》第一卷。完成《平均律钢琴曲集》第一卷。12月，应聘莱比锡圣托马斯教堂乐长。	
1723年（38岁）	4月，辞去科腾宫廷乐长一职，担任莱比锡圣托马斯教堂乐长。这一年，他创作了20多首教会康塔塔。	

续表

公历（周岁）	巴赫的人生轨迹	历史事件
1724年（39岁）	创作了50多首教堂康塔塔。	
1725年（40岁）	创作了30多首教堂康塔塔。开始写《安娜·玛格达莱娜·巴赫的钢琴小曲集》第二卷。	
1728年（43岁）	11月，科腾的利奥波德亲王去世。巴赫作曲并演奏《送葬康塔塔》。	斯威夫特出版了《格列佛游记》。（1726年）牛顿去世。（1727年）
1729年（44岁）	3月，成为大学音乐社的指挥，每周在咖啡屋举行音乐会。大儿子弗里德曼进入莱比锡大学。4月，在圣托马斯教堂首演《马太受难曲》。	
1730年（45岁）	与市议会的矛盾越来越严重。考虑跳槽，写了《致埃尔德曼的信》。老朋友盖斯纳就任托马斯学校校长，巴赫身负的压力有所缓和。	波兰王位继承战争。（1733—1735年）
1734年（49岁）	盖斯纳离开莱比锡，新校长埃内斯蒂上任，学校再次与巴赫对立。	
1735年（50岁）	9月，小儿子约翰·克里斯蒂安出生。创作了多首大键琴曲。	
1736年（51岁）	虽然与埃内斯蒂校长的斗争越来越激烈，但在9月被任命为"萨克森选帝侯宫廷作曲家"后进入休战状态。	腓特烈大帝继承普鲁士王位。（1740年）同年，奥地利王位继承战争开始。（直到1748年）

续完

公历（周岁）	巴赫的人生轨迹	历史事件
1741 年（56 岁）	为了见到成为腓特烈大帝宫廷羽管键琴演奏者的二儿子埃马努埃尔，前往柏林。	
1744 年（59 岁）	完成《平均律钢琴曲集》第二卷。	
1747 年（62 岁）	5 月，应腓特烈大帝之邀访问波茨坦。7 月，以大帝的主题写了《音乐的奉献》献给大帝。	波茨坦的圣苏西宫殿竣工。（1747 年）
1749 年（64 岁）	从这时起，眼睛几乎看不见东西。市议会很快就决定了巴赫的继任者。	
1750 年（65 岁）	从 3 月 28 日到 31 日，眼科医生泰勒的两次手术均宣告失败，巴赫因此卧床不起。7 月 28 日，因中风发作在莱比锡去世。享年 65 岁零 4 个月。	

入门曲目推荐

我从巴赫留下的音乐中,选择了一些适合初学者听的曲目。作品末尾的字母和数字是区分作品的序号(作品编号)。用曲名找不到作品时,请检索这个编号。

键盘乐曲

《安娜·玛格达莱娜·巴赫的钢琴小曲集》BWV113~132

《F大调意大利协奏曲》BWV971

管风琴曲

《d小调托卡塔与赋格》BWV565

《g小调幻想曲与赋格》BWV542

管弦乐

《b小调第二号管弦乐组曲》BWV1067

《D大调第三号管弦乐组曲》BWV1068

《G弦上的咏叹调》（小提琴与管弦乐；威廉密编曲）

协奏曲

《F大调第二勃兰登堡协奏曲》BWV1047

《G大调第三勃兰登堡协奏曲》BWV1048

《a小调第一小提琴协奏曲》BWV1041

《E大调第二小提琴协奏曲》BWV1042

《d小调双小提琴协奏曲》BWV1043

奏鸣曲

《g小调第一无伴奏小提琴奏鸣曲》BWV1001

《d小调第二无伴奏小提琴组曲》BWV1004

《G大调第一无伴奏大提琴组曲》BWV1007

《C大调第三无伴奏大提琴组曲》BWV1009

教堂音乐

《马太受难曲》BWV244

《圣诞节清唱剧》BWV248

世俗康塔塔

《咖啡康塔塔》BWV211

各种乐器

《音乐的奉献》BWV1079

出 品 人：许　永
出版统筹：林园林
责任编辑：吴福顺
特邀编辑：陈珮菱
封面设计：刘晓昕
封面插画：北泽平祐
版式设计：张晓琳
印制总监：蒋　波
发行总监：田峰峥

发　　行：北京创美汇品图书有限公司
发行热线：010-59799930
投稿信箱：cmsdbj@163.com

创美工厂
官方微博

创美工厂
微信公众号

小美读书会
微信公众号

小美读书会
读者群